Robert Deuml

Rote Herzchen fressen Hirn

Völlig abgestürzte Storys

Impressum

Bibliografische Information der Deutschen Nationalbibliothek
Die Deutsche Nationalbibliothek verzeichnet diese Publikation
in der Deutschen Nationalbibliografie; detaillierte bibliografische Daten sind im Internet über http://dnb.dnb.de abrufbar.

1.Auflage November 2018

© 2018 Robert Deuml
✉ robert.deumelhuber@web.de

Herstellung und Verlag
BoD - Books on Demand, Norderstedt

ISBN: 978-3-7481-4828-9

Inhaltsverzeichnis

1 Meine allerliebsten Feinde

Kennen auch Sie das Gefühl, wenn man meistens von unliebsamen Zeitgenossen umgeben ist? Ja? Dann mein Lieber sollten wir gegen diese ungesunden Zeiträuber vehement das Kriegsbeil ausgraben. Es ist eine Tatsache, jawohl eine Tatsache, dass das Volk der ewigen Schwätzer und Möchtegernintellektuellen in den öffentlichen Einrichtungen wie Cafés, Bars, Eisdielen oder anderswo beheimatet ist. Dort lauern die arbeitsscheuen Kerle wie hungrige Werwölfe auf gutmütige Seelen, denen sie ihren Diskussionsmüll andrehen können. Und Sie? Sie werden zu keiner Zeit zu Wort kommen. Garantiert? Garantiert! Und so mancher wird sich fragen:
„Wenn der Wortfetischist schon die Welt - und vor allem die Menschheit - vor dem nahenden Untergang retten will, warum muss es ausgerechnet ich sein, der seinen unsinnigen Monologen lauschen darf?"
Das kann ich gerne erklären! Mein Herr, Sie haben an diesem Tag das Glückslos gezogen, und Ihr Gegenüber hat Sie zu seinem zuhörenden Opfer erklärt. Nicht für Minuten, sondern für Stunden! Und glauben Sie mir, ein solch geistiger Schöngeist bringt es fertig, dass man entweder vor Langeweile ins Traumland überwechselt oder im schlimmsten Falle kurz davorsteht, einen Massenmord zu begehen.
Ein sinnloses Unterfangen! Selbst dann, wenn Sie dem Herrn mit beiden Händen die Sauerstoffzufuhr unterbinden, indem Sie ihn würgen, wird der noch mit dem rechten Zeigefinger seinen Weltrettungsplan (?) in den Sand malen.
Woher ich das weiß? Pure Erfahrung!
Ich kann anhand selbst erlebter Situationen erklären,

wovon ich rede.

Zweimal die Woche gehe ich - um etwas unter die Leute zu kommen in eine Eisdiele. Meistens sitze ich da und ruhe vor mich hin. Ist doch toll, mal die Seele baumeln lassen.

Aber nur so lange, wie keiner dieser nervigen Plauderer vor Ort ist, der mir meine Ruhe missgönnt! Doch diese Typen sind wie lästiges Ungeziefer. Unausrottbar! Eine Plage! Meistens ist das Lokal überbevölkert mit diesen nervtötenden Individuen. Dort sitzen sie wie die Hühner auf der Stange und warten auf einen gutmütigen Narren, den sie nach Herzenslust belabern können.

Es bleiben nur zwei Optionen! Entweder einsam zu Hause vor der Glotze sitzen oder mich als Freiwild für diese Monolog-Geier zu opfern. Aber wie so oft entscheidet man sich für die ungesündere Variante und man begibt sich in Teufels Obhut.

Der Schlimmste von allen ist Josef M.! Seines Zeichens allwissender Pädagoge, der alles weiß und alles kann. Doch jeder halbwegs vernünftige Zeitgenosse ist froh, ihm beim Verlassen des Lokals zuzusehen. Josef ist der geborene Pessimist, der am liebsten alles Bunte und Positive mit schwarzer Farbe übermalen würde. Ein Sonnyboy, der sich nur Regenwetter wünscht. Jeder im Lokal - ja sogar in der ganzen Stadt - kennt ihn nur unter dem Pseudonym „Suizid-Josef".

Meistens beginnt er das Gespräch mit belanglosem Zeug! Ungefähr so:

„Hallo, wie geht es so?"

Und wenn Sie antworten,

„Es geht mir gut, und Dir?", dann haben Sie schon die Arschlochkarte einstecken, denn dann schmiert sich Josef die Zunge und macht sich bereit, Sie oder mich zu frustrieren. So wie letzten Sommer, als er mir einen sonnigen Julitag, den schönsten Tag des ganzen Jahres, versaute.

„Na ja", antwortete er vorerst noch kleinlaut, „es geht so lala. Aber eigentlich, wenn ich ehrlich bin, hat der Tag beschissen angefangen!"

Neugierig fragte ich:

„Aber Josef, welcher Elefant ist dir auf die Leber getreten?"

Das hätte ich besser nicht gefragt, denn jetzt befand sich Suizid-Josef in seinem Element.

„Deuml", sagte der zu mir, „es war nicht nur <u>ein</u> Elefant, nein, es waren unzählige!"

Shit! Das hab ich befürchtet! Am liebsten würde ich mir selbst einen Tritt in den Hintern verpassen. Jetzt gehöre ich dem Josef alias Suizid-Josef. Warum muss ich auch so neugierig sein! Jetzt kann ich mir für die nächsten Stunden seine katastrophalen Morgenszenerien anhören. Natürlich könnte man sich sagen, „na dann hör ich halt nicht hin, was der Josef von sich gibt!", aber das kann man sich, nachdem man sich als Zuhörer angeboten hat, in die Haare schmieren. Toll, Ich sitze wie eine unglückliche Maus in der Falle und warte auf das Eintreffen der hungrigen Katze. Mann, ihr Unwissenden habt gut reden! Als wenn die Flucht vor diesem Kerl so einfach wäre! Lasst mich erzählen.

„Als Erstes", sagte Josef, "sollte mein Pech gleich nach dem Klingeln des Weckers seinen Anfang nehmen! Gestern Abend bin ich in unserem Stammlokal bei einer hitzigen Politdiskussion länger als normal anwesend gewesen, was dazu führte, dass ich zum ersten Mal seit zwei Jahren tatsächlich um fünf Minuten verschlafen habe!"

„Wau", dachte ich mir, „ganze fünf Minuten! Na,

wenn das nicht erwähnenswert sei!"

„Weißt du, das kommt bei mir eher selten vor", sprach Josef weiter, „aber die anderen Gäste glaubten ich hätte dabei mehrere Biere intus gehabt. Das stimmt so nicht, mein Freund. Es waren nur drei Gläser! **(Nur drei Bier! Aha, unser Suizid-Josef säuft also wie ein Loch)**! Dabei war es mir so, so wichtig, auf dem Wochenmarkt zwei Pfund Kartoffeln zu kaufen!"

(Kartoffeln? Was kann es Wichtigeres geben)

„Und", fragte ich, „hast du deine Kartoffeln bekommen?"

„Nein", sprach er, „das ist ja das Problem! Erst am Marktstand bemerkte ich das Malheur! Mein Portemonnaie lag zu Hause auf dem Küchentisch und wartete auf mich."

Oh Gott! Jetzt müsste ich echt Mitleid mit ihm haben. Keine Kartoffeln! Da hat das Schicksal ohne Gnade zugeschlagen. Der arme Wicht muss nun Nudeln statt Kartoffeln essen!

Der Josef redete weiter wie ein Wasserfall! Zuerst über die verpassten fünf Minuten, dann war auch noch der Kaffee alle, kein Geld für Kartoffeln, und als absolute Krönung bemerkte er, dass kein Aspirin im Hause war. **(Also doch! Der Josef säuft! Aber kein Aspirin im Haus? Das ich echt hart!)**

Und ich als zum Zuhörer Degradierter sitze da und hör mir seinen Seelenscheiß an. Dabei komme ich mir vor als sei ich die gutherzige heilige Mutter-Theresa.

„Josef, mein Freund", sagte ich, „dein Pech möcht ich haben. Dein ganzer Weltschmerz besteht aus fünf verschlafenen Minuten, zwei Pfund Kartoffeln und dem Fehlen schmerzlindernder Tabletten. Mann, es verhungern Kinder, es werden Menschen in unsinni-

gen Kriegen totgeschossen! Und die Umwelt kämpft ums Überleben! Na, was sagst Du dazu, die Eisbären in der Arktis sitzen hungernd auf dem Trockenem! Und was macht der edle Herr? Der kackt sich einen ab wegen lächerlichen fünf Minuten. Darauf kann ich nur eines sagen:
DU ARMER SENILER KLEINGEIST!"
Das war dem Josef dann doch zu viel. Ohne sich von mir zu verabschieden, ließ er mich hocherfreut alleine zurück. Aber wenn Sie nun denken, dass wenn ein solcher wie der Suizid-Josef das Weite sucht man nun seine Ruhe haben wird, dann haben Sie sich gewaltig geirrt. Es ist so wie bei den Kakerlaken, geht der Eine, kommt auch schon der nächste Wichtigtuer angetanzt.

Vielleicht will ein weiterer Fachmann von Nichts Ihnen einen weitreichenden Erotikratschlag erteilen. Hören Sie nur ruhig zu, spätestens nach einer solch lehrreichen Unterweisung wissen Sie, wie man eine gut funktionierende Beziehung nur mit tierischem Sex und ekelhafter Pornografie am Leben erhält. Es kann auch sein, dass der Kerl mit seinen amourösen Abenteuern, die nie und nimmer stattgefunden haben, vor allen Leuten im Lokal prahlt.

Es gibt ein solches Exemplar! Glauben Sie nicht? Ich beweise es Ihnen! Alfons! Dieser Held wird von uns allen nur mit Alfonso-Adonis angesprochen. Und der wird Sie mit seinen Ansichten in Bezug auf Sexualität bis rauf zu Ihrem Haarscheitel zu dichten. Aufstehen und das Lokal verlassen? Hahaha, das können Sie ab diesem Zeitpunkt vergessen. Sie sind dem Kerl ohne Aussicht auf Flucht ausgeliefert.

Sie sind Single? Ja? Dann wird Alfonso-Adonis mit seiner unendlichen Erfahrung bezüglich einer gesunden Beziehung mit Rat und noch viel mehr Irrsinn zur Seite stehen. Denn der kennt sich aus! Der weiß genau, wie man erfolgreich eine Ehe ins Minus führt. Muss er auch, denn schließlich war dieser Erotomane dreimal verheiratet und genauso oft stand er vor dem Scheidungsrichter. Laut seiner Reden dreht sich bei diesem Herrn alles nur um Sex. So einer kann es sich nicht vorstellen wie eine bekleidete Frau aussieht! Schließlich zog er jede, die seinen Weg kreuzt, mit seinen gierigen Augen bis auf die blanke Haut aus. Interessant? Nein! Aber Sie als geduldiger Zuhörer werden - ob Sie wollen oder nicht - vom Sexbold des Jahrhunderts(?) in die Welt des Kamasutras eingeweiht. Reine Fassade, nur um sich wichtiger als wichtig zu machen.

Warum reden bestimmte Männer über Themen von denen sie am wenigsten verstehen? Alfonso-Adonis, der soll ein erfahrener Erotikheld sein? Ha, die ganze Stadt lacht doch über ihn! Der Loser hinkt seinen letzten amourösen Abenteuern seit Jahren hinterher. Ist auch besser so, denn nach ewiger Abstinenz kann es leicht passieren, dass das liebe Herz solchen Anstrengungen nicht standhält. Und außerdem beichtete mir die Bedienung unserer Eisdiele - die ein paar Wochen eine kurze Liaison mit Alfonso-Adonis hatte - dass er nur dann bumsen konnte, wenn seine Partnerin voll bekleidet im Bett lag und dabei gelangweilt auf seine XXXL-Gurke wartete. **(Seine Worte! Richtigstellung: Zwölf Zentimeter beim Anblick einer schönen Frau, und bei zehn blätterte er in einem Pornoheft).** Hinge die Menschheitspopulation allein von der Potenz Alfonso-Adonis' ab, bräuchte unser Globus nicht erst auf eine verheerende Klimaerwärmung warten, um der Gattung Homo sapiens den Rest zu geben.

Meist versucht er seine auserkorenen Opfer mit einem belanglosen Kauderwelsch einzufangen.

„Mein Herr", wird er mit seinem Opfer ins Gespräch kommen, „Sie sehen aus als würden Sie auf eine niveauvolle Unterhaltung hoffen!"

„Hey Alfonso-Adonis", würde ich an meiner Stelle antworten, „ich kenn Dich! Also lass mich im Ruhe. Und außerdem brauch ich Deine Hardcore-pornografischen Thesen nicht! Mein Sexualleben ist total in Ordnung."

„Bist Du Dir da so sicher? Du bist doch Single?" quält mich Alfonso-Adonis weiter.

„Nein Freund", antwortete ich, „obwohl es dich gar nichts angeht, ich habe eine Freundin!" (Ja, ja, du alter Schwätzer, is' ja schon gut, du hast mich ertappt, meine Ex hat also über mich ausgeplaudert. Toll! Ich lebe zurzeit allein. Bla, bla, und noch mal bla).

„Glaub mir", sprach die weltbeste Poppmaschine, „man kann nicht genug über das menschliche Miteinander lernen. Und wer käme da besser in Frage, als einer der seit frühester Kindheit die Psyche der Frauen studiert hat?"

Ich winkte von alledem angewidert ab! Ich wollte doch nur meinen Kaffee genießen und mir nicht sein Endlosreferat anhören über das, was sich unter der Gürtellinie befindet.

Doch dieses Exemplar von einem Mannsbild war hartnäckiger als eine Horde ausgehungerter Filzläuse. Aufgeben? Nein! Nur über seine Leiche!

„Also mein Freund", löcherte mich Alfonso-Adonis, „wie soll unsere weitere Konversation aussehen?"

„In dem Du das Maul hältst!", denke ich mir. Aber mein Anstand verbietet es mir, es ihm ins Gesicht zu schreien. Ohne gefragt zu werden, ließ mich Alfonso-Adonis an seinen umfassenden Belehrungen über die menschliche Sexualität teilhaben. Er redete mir ein Loch ins Ohr. Nach seinen Erläuterungen war er auf diesem Gebiet eine Weltmacht! Selbst der ehrwürdige Herr Casanova sei in Alfonso-Adonis wirrer Vorstellung nur ein onanierender Pubertätspickel. Nach einer geschlagenen Stunde, in der ich von Alfonso-Adonis beinah in den Wahnsinn gelabert wurde, dröhnte mir der Kopf wie nach einem vierzehn tägigen Marathon Saufen. Lauter als sonst schrie ich dem Dauerredner entgegen: „Mann, halt doch endlich das Maul! Geh nach Hause und wichs Dir meinetwegen zehnmal einen runter!"

„Mein Freund", waren Alfonso-Adonis letzte Worte, „das werde ich nicht tun, dafür ist mein Schatz zuständig! Aber trotzdem bleib locker und halt den Pimmel steif."

Wie durch ein Wunder stand Alfonso-Adonis auf und verließ zu meiner Freude die Eisdiele.

„Uff", dachte ich erleichtert, „vielleicht kann ich jetzt ungestört in der Zeitung lesen!"

Und wie ich mich da getäuscht hatte!

Ich habe vergessen einen weiteren Anwärter des sinnlosen Redens zu erwähnen! Rainer! Unser Rainer, im Sternzeichen eine Jungfrau. Obwohl? Nicht nur sein Sternbild, sondern auch sein sexueller Status sollte seinem Sternzeichen weitgehend entsprechen.

Keine normal denkende Frau wäre bereit gewesen, sich dem Rainer und seiner anhaftenden Paranoia hinzugeben. Paranoia? Ja! Rainer war der Inbegriff des Geizes. Selbst Dagobert Duck, die reichste Komikente aus Entenhausen, konnte von unserm Rainer noch das eine oder andere lernen um noch mehr Geld anzuscheffeln. Nur dass Rainer reales Geld - und das laut Insiderwissen nicht zu knapp - zur Verfügung hatte.

Ein kleiner Auszug aus seinem Sparfimmel:

Seine Kleidung ersteht er auf einem Flohmarkt oder in einer sozialen Kleiderkammer und was seine Nahrung betrifft, so kauft er nur jene Lebensmittel, die sich seit langem von der Mindesthaltbarkeit verabschiedet hatten. Oder er klaut wie 'ne Elster. Manchmal kann man ihm auch an einer Klosterpforte beim Betteln zusehen. Dabei sieht er so schäbig aus, dass jede Klosterschwester bei seinem ärmlichen Anblick zutiefst berührt ihre Augen zu Boden sinken lässt.

„Meine Damen", sprach die Leiterin des Ordens voller Mitleid, „passt mir nur auf den armen Herrn mit der zerrissenen Jeans auf! Gebt ihm zu Essen, so viel er zum satt werden braucht!"

Das tat er wohl! Und was Rainer nicht sofort verschlingen konnte, wanderte verstohlen in seine Taschen. Eigentlich ist der Kerl das, was man einen widerlichen Geizhals und Schnorrer nennt. Talente sucht man bei ihm vergebens. Eigentlich ist er der geborene Depp, der es jedes Mal aufs Neue versteht, in die für Deppen ausgelegten Fettnäpfe zu treten. Seine wenigen Freunde **(seine Schwester Martha, seine Tante Olga, deren Wellensittich sowie das in ihn verliebte Moppelchen Frieda)** bekamen es - außer der Frieda - mit der Angst zu tun, wenn es wieder Mal hieß:

„Wir wollen eine nette Familienfeier im kleinen Kreis abhalten!"

Denn dann wussten die Damen, dass ihr geliebter Rainer als erster mit mehreren leeren Aldi-Tüten vor ihrer Tür stehen würde. Aldi-Tüten? Ja! Wo sonst ließen sich die Reste des Festtagsbratens und die Kartoffelklöße sowie das leckere Blaukraut verstauen.

Irgendwann, so erzählte man mir, wurde es der Tante doch zu viel. Sie schwor sich beim heiligen Georg, nie wieder einen solchen verfressenen Kerl wie den Rainer bei sich am Tische haben zu wollen. Den ganzen Tag stand sie in der Küche und quälte sich mit Knödeln, Schweinebraten, Soßen und süßen Krapfen ab, nur um dann am Abend zusehen zu dürfen, wie sich der Rainer alles Köstliche in den Mund stopfte. Und am Ende der Feier hatte die geizige Kröte nicht mal ein obligatorisches Dankeschön für seine alte Tante übrig.

Mit leeren Tüten rückte er an und mit vollen verließ er das Fest. Die biblischen Heuschrecken im Alten Testament waren nicht annähernd so gefräßig wie unser Rainerle. Nur eine war stets glücklich ihm bewirten zu dürfen. Frieda! Die alte Amazone mit ihren fünfundsiebzig Jahren war total spitz auf den Rainer. Mit ihrer mickrigen Rente käme er ihr gerade recht, er hatte Geld und sie selber punktete mit ihrem adretten Aussehen. Doch für ein Happy End war es noch zu früh, sie wusste, mit Geduld und Zeit würde sie es sicher schaffen, den Rainer von ihren ernsten Absichten zu überzeugen. Die Dame hatte in der Vergangenheit leider keine allzu großen Chancen, ihm näherzukommen, denn Rainer wusste genau, dass Frieda mit Geld leichtsinnig um sich warf. Mit welchen Geld? Seinem! Und genau dieser Minustyp mit seinem fanatischen Sparzwang stand vor mir und wollte mir seine Leidensgeschichte (**Frieda**) auf die Ohrmuschel drücken.

„Deuml", begann Rainer mit mir zu sprechen, „du kennst doch die alte Frieda. Du weißt schon, die in früheren Jahren in Sachen Männer nichts anbrennen hat lassen?"

„Ja, kenn ich! Warum fragst du?", gab ich Antwort.

„Na die Alte verfolgt mich!"

„Und? Was will sie von Dir?", fragte ich

„Mich und mein Geld!"

Ich sah dem Rainer von oben bis unten fragend an, (wie kann einer, der so schäbig aussieht, Geld haben?)

„Äh, hm, hast du überhaupt Geld?"

„Aber ja doch Deuml", sprach Rainer, „genügend! Die Tucke Frieda hat es auf mein Vermögen abgesehen. Deuml, die will mich in Richtung Bettelstab dirigieren. Mann, was soll ich nur tun?"

Ausgerechnet mich fragte er! Als wenn ich - der das ganze Jahr hindurch vom Pleitegeier gequält werde, das wüsste.

„Sag ihr", sagte ich, „du hättest ein paar ledige Kinder und deren Unterhaltszahlung zwingt dich jeden Monat in die Knie!"

„Deine Ratschläge", sprach Rainer leicht wütend., „sind rein für die Katz! Die Frieda hat sich schon längstens mit meiner Tante zusammengetan, die weiß doch, dass ich noch nie eine Freundin hatte!"

„Das glaub ich jetzt nicht!", sagte ich total verblüfft, „du erzählst mir du hättest noch nie??? Hm? O.k.! Rainer, wenn das so ist, tut es mir unendlich leid für dich."

Ich musste mir von dieser Jungfrau ganze zwei Stunde anhören wie scharf die Frieda auf sein Geld aus wäre.

Und das von Rainer geschluckte Bier - drei an der Zahl, lockerte seine Zunge noch mehr. Was sich an seiner Aussprache leicht erkennen ließ.

„I brauch ka Feundin", lallte er, „Mutti hat imme gesacht Frauen wolle nur mei Geld. Aba da ham de Mädel aba geirrt, i behalt mei Money nu für mi!"

„Rainer", sagte ich, „eine Nacht mit einer aufregen-

den Frau ist das Schönste, was Gott uns gab; willst
du es dir dein ganzes Leben selber machen?"

„Abe ja doch Wenn's sei soll", antwortet Rainer.

„solang i zwo gsunde Händ ham kummt ma kanne
dieser Amasonen ins Haus! Vastanden!"

Und das Bier in Rainers Blutbahn tut sein Übriges.
Der Alki ist mittlerweile so blau wie eine Horde
Chinesen auf dem Oktoberfest. Eigentlich erfreu-
enswert. Die Unterhaltung mit ihm sollte mir immer
mehr Spaß bereiten. Man konnte über seinen Unsinn
sogar lachen.

Doch diese Gefühlsregung sollte mir zum Verhäng-
nis werden. Wie das? Mein Gesprächspartner fiel
durch seinen Bierkonsum animiert unter den Tisch.
Eigentlich nicht allzu schlimm möchte man meinen!
So was tun Besoffene gerne. Aber im Normalfall be-
zahlen sie auch, was sie sich einverleibt hatten.
Doch unser Rainer mit seinem Geiz machte da eine
Ausnahme. Nachdem ihn die Bedienung wieder
halbwegs auf die Beine stellte, rückte er raus mit der
Wahrheit.

„Deuml! Du bist do mei guder Freind, oiso i bin
pleite kannst ma net mei Zech übanehma? Des wa
sehr nett vo Dir"

Scheiße! Seine Worte beendeten meine gute Laune.
Ich wurde von einer Jungfrau über den Tisch gezogen.

„Mann", schrie ich, „ruf doch deine Frieda an, damit
die dich auslöst. Von mir hast du nichts zu erwarten."

Rainer übergab dem Betreiber der Eisdiele die Telefonnummer jener Dame, und die hatte nichts Eilige-
res zu tun als ihren Rainerle aus seiner ungünstigen
Situation zu befreien. Wahrscheinlich musste der
Rainer das Versprechen an die Dame abgeben, sie

nach Ablauf des Jahres zu heiraten. Und genauso geschah es! Die Beiden heirateten! Geiz trifft auf Verschwendungssucht, wenn das mal keine fruchtbare Verbindung hervorbringt. An diesem Tag wurde ich regelrecht von Psychopathen umzingelt. Ich hatte die Schnauze voll! Ich zog es lieber vor, zu Hause einsam und gelangweilt vor der TV-Dödelkiste zu sitzen als mich von diesen Deppen länger ärgern zu lassen. Besonders solche Nerv-Terroristen gehen mir auf den Sack, die mir mit ihrem seelenlosen Gerede meine wohlverdiente Samstagsruhe rauben. Als Single will ich ganz andere Dinge hören, als dass die Welt kurz davorsteht, zerstört zu werden. Natürlich bin auch ich gegen diese Zerstörung! Aber was würden solche Schwätzer wie Suizid-Josef, Rainer und Alfonso-Adonis zu deren Rettung beitragen. Eines ist sicher, mit ihrem Gerede konnten diese Burschen jede Menge Staub aufwirbeln! Ansonsten aber zerreißen diese Loser nicht mal 'ne einzelne Seite einer nassen Zeitung.

2 Anpfiff zum S...
Eine Story eigens für unsere Fußballfreunde

Ein Ehepaar, das seit nahezu zwanzig Jahren verheiratet ist, versteht sich - möchte man meinen - ohne viel Worte. Meist genügen bestimmte Gesten, der andere weiß Bescheid, was ihn in naher Zukunft erwartet und die ausgesendeten Signale fruchten meist schon beim gemeinsamen Frühstück. Da sitzt der Mann vor einer Tasse heiß dampfendem Kaffee, liest gespannt in seiner Tageszeitung und die Dame des Hauses steht im Morgenmantel und mit Lockenwicklern vorm Herd und brät ihrem Alten seine Eier. Äh, ich sollte zur Vorsicht betonen, dass es sich dabei um Spiegeleier handelt.

Wer den Beiden bei ihrem morgendlichen Ritual zusieht, erfährt die eheliche Harmonie. Zum besseren Verständnis nennen wir die Dame Lisa-Mausi und den Herrn Fredi-Bärli. Wie das? Diese Kosenamen haben sich die Eheleute selbst ausgedacht und keiner hat das Recht, es zu ändern. Wieso auch, solche Namen zeugen doch von inniger Zweisamkeit. Und so steht die ewig unausgeschlafene Lisa-Mausi schlaftrunken wie jeden Morgen in der Küche und zaubert ein exklusives Frühstücksdinner für ihren Gatten hervor. Damit gibt sie ihrem Fredi-Bärli zu verstehen, wie sehr sie ihn doch liebhat. Und jedes Mal, wenn sie zu den Eiern einige Streifen Speck hinzufügt, gibt Lisa-Mausi das Zeichen, dass sie abends mehr will, als dass man um zwanzig Uhr auf dem Familiensofa einschläft. Genau, Sie haben richtig geraten! Die Dame will mit ihren lieblichen Gesten zu verstehen geben, dass sie zur späteren Stunde von ihrem Gatten vernascht werden will. Jetzt wird sich mancher denken wie eine Dame die unter massivem Schlafminus leidet solche Gedanken hegen könne. Warum nicht, schließlich hatte sie die ganze Nacht hindurch Zeit gehabt schweinisches Zeug mit ihrem Gatten zu träumen. Und das ist nicht verboten denn man war ja seit zwanzig Jahren verheiratet.

Doch wie so oft im Leben eines Mannes sind seine Erotikantennen in Laufe der Jahre der langjährigen Ehezeit etwas eingerostet, und um diesen auf die Sprünge zu helfen, kam also der Speck ins Spiel!

„Oh Gott", musste Fredi-Bärli zu seinem Entsetzen feststellen, „auf den Eiern liegt Speck, das heißt, meine Alte will Sex! Ich glaub, mich tritt ein Pferd! Ausgerechnet heute Abend, wo doch in der Sportschau das Superderby HSV gegen Bayern München stattfindet."

Und während Fredi-Bärli entmotiviert seine Frühstückseier verschlang, fuhr die Lisa-Mausi dem Gatten verliebt durchs Haar, denn auch sie wusste, dass ein Fußballspiel bevorstand.

Doch gegen eine starke Persönlichkeit wie die Lisa-Mausi ist selbst das gesamte Bayern-Team machtlos. Um ihrem Gatten das kommende Finale schmackhaft zu machen, ließ sie sogar ihren wohlgeformten Busen frech aus dem Morgenmantel hervorschauen. Dabei dachte sich das verkommene Miststück,

„Wetten, das wird meinen Fredi-Bärli zu mehr Appetit anheizen."

Für das Frauenzimmer stand unverrückbar fest, dass am Abend statt Fußball Sex auf der ehelichen Programmtafel stehen würde. Und tatsächlich ließ Ihr Gatte für einen kurzen Moment seine Augen am Oberkörper seiner Liebsten umherschweifen, und er müsste lügen, wenn er behaupten würde, dass das, was er sah, ihm nicht gefiele. Der Arme befand sich in einem Gewissenskonflikt, was sollte er tun? Die halbe Nacht hindurch vögeln bis ihm die Zunge bis zum Boden raushängt oder Fußball gucken und nebenbei einen üblen Streit mit der Lisa-Mausi produzieren. Was für eine schwere Entscheidung! Es spielt immerhin Bayern München gegen den HSV.

Den ganzen Tag hindurch dachte Fredi an das bevorstehende Bettgeflüster und an das Fußballspiel, das wegen sexueller Aktivitäten ins Wasser fallen sollte. Aber er kannte auch seine Liebste, und wenn die sich was in den Kopf gesetzt hatte, waren selbst die amtierenden Götter machtlos, ihr das Vorhaben wieder auszureden. Doch Fredi badete nicht alleine im Frustsumpf, sogar sein Kollege Franz musste auf das Vergnügen eines Jahrhundertfußballspiels zu Gunsten eines zwischenmenschlichen Treibens verzichten. Seine Gattin Sylvia beharrte vehement auf ihrem Recht, einmal in der Woche auf die Matratze gelegt zu werden. Auch diese Dame wurde von ihrem Gatten mit Mausi angesprochen. Schon wieder eine Maus, die auf ihr Recht pocht, im Schlafzimmer verwöhnt zu werden. Eigentlich besagt dieser Kosenamen nur eines: Es bedeutet, dass der Ehemann zur Liga der Fantasielosen gehört.

Wie es scheint, müssen die Akteure bei Bayern München diesmal ohne die Anfeuerung von Fredi und Franz auskommen. Alles wegen erzwungenem Sex! Den Fredi als eisernen Bayern-Fan erwischt es dabei am heftigsten,

„Wo bleibt das Menschenrecht für die männliche Bevölkerung? Nicht nur die Frauen können sexuell ausgebeutet werden, auch wir Männer werden zuweilen Opfer sexueller Übergriffe! Ja, ja, manchmal macht die Pimperei Spaß, aber ausgerechnet beim Spiel der Bayern?"

Sehr traurig gönnten sich Fredi und sein Kollege Franz nach getaner Arbeit in der Stammkneipe ein Bier, wahrscheinlich, um die Schmach zu vergessen, was den Beiden zu Hause bevorsteht. Doch ein Bier war zu wenig, um abzuschalten, es mussten drei sein. Beim Abschied sprach der Franz zu seinem Kollegen Fredi-Bärli:

„Na dann gehen wir halt nach Hause und legen unseren Kopf auf das Schafott, äh, ich wollte sagen, wir legen uns mit den Ohren auf den Busen unserer Frauen."

„Du hast recht", antwortete Fredi, „auch wenn uns das Match durch die Lappen geht, sollte für uns wenigstens ein kleines Vergnügen herausspringen. Also mein Freund, sei tapfer und mach der Männerwelt keine Schande!"

Die beiden Fußballfanatiker tippelten jeder für sich nach Hause. Dort angekommen erwartete den Fredi-Bärli eine Überraschung lieblichster Art. Stand doch tatsächlich seine Lisa-Mausi hinter der Eingangstür und empfing ihren Gatten im Evaskostüm und mit einer Schiedsrichterpfeife im Mundwinkel und erwartete von ihrem Gatten den Anpfiff für das Spiel auf der ehelichen Matratze.

„Aber Lisa-Mausi, bevor wir uns dem Bumsgeschäft widmen, hätte ich noch eine wichtige Frage!"

„Na los, dann frag mich doch! Aber hopp, beeil dich, sonst ist die Nacht rum und wir haben das nicht vollbracht, was wir uns vorgenommen haben! Du weißt schon, unser eigenes Ligaspiel mit unseren selbsterfundenen Spielregeln!"

„Lisa-Mausi, wie sieht es erst mal mit Abendessen aus? Ich habe Hunger!"

„Mein Fredi-Bärli, das Essen verschieben wir auf später, nachdem wir uns vergnügt haben. Du weißt ja, dass man mit vollem Bauch nicht so effektiv liebt, und wenn ich Pech habe, kugelst du mir wegen Deiner maßlosen Fresserei aus dem Bett, und das möchte ich tunlichst vermeiden. Später, wenn alles vorbei ist, ist es mir egal, wenn du vollgefressen auf dem Teppich landest! "

Zärtlich, aber direkt schiebt die Ehefrau ihren müden Helden direkt ins Schlafzimmer und mit einer schnellen Bewegung lotst sie ihn aus seinen Klamotten. Die erste Aufgabe besteht darin, jetzt erst mal das Licht auszuschalten, denn keine Frau erfreut sich gerne an der überdimensionalen nackten Bierwampe ihres übergewichtigen Ehegatten und schon gar nicht an dessen faltigen Arsch. Mittlerweile hat Fredi sich seinem nahenden Schicksal ergeben und langsam steigt auch in ihm die Lust empor. Der angespitzte Gatte fummelt sich aus dem erogenen Mittelfeld heraus in Richtung Lisa-Mausis Strafraum. Heute ist es ihm erlaubt, seine Gattin ermuntert ihn sogar dazu. Nicht wie in anderen Nächten, wo er in Feindesland umherirrt und dabei wegen fehlender Lust eins auf seine Finger bekommt. Heute ist ihm alles erlaubt! Ausnahmsweise darf er dabei das im Fußballspiel so verpönte Handspiel gebrauchen.

Was aber auch einen Elfmeter verursachte. Nach mehrminütiger Rubbelei rief Lisa-Mausi, „los, mach schon, bums mir einen rein, schieß mir einen Elfmeter und mach das Tor, so doll, dass mir das Hören und Sehen vergeht!"

Mit gekonnt einstudierten Wippbewegungen und rhythmischem Geschiebe - man war ja seit zwanzig Jahren verheiratet und somit ein eingespieltes Team - fabrizierten Lisa-Mausi und Fredi das, was man eheliche Pflichterfüllung nennt. Das ganze Gehopse wurde immer wilder, alles erinnerte bei diesem Spiel an ein Neujahrsfeuerwerk! Endlich, die letzten Minuten bis zum Show-down wurden eingeläutet. Fredi, der kurz vorm Kommen war, versuchte seiner Gattin zu suggerieren, dass es bald aus und vorbei sei mit lustiger Vögelei! Und Lisa-Mausi? Die schrie wie eine talentierte Opernsängerin die gesamte Nachbarschaft in den Wahnsinn. Mehr noch, sie krallte sich in Fredis Rücken so arg, als würde sie Angst haben, dass sie vorzeitig aus dem Marathonspiel herauskatapultiert würde. Was dem Lustgewinn immens schaden würde!

„Alter, **ah, ah, gut**", schrie Lisa-Mausi.

„**Lass dir Zeit!** Hörst du, **Oh, ah** ich sagte **LASS Dir ZEIT!** Mann, ich bin noch nicht soweit. Komm schon mein Hase, zähl von Hundert rückwärts! **Hui**, **jetzt aber, ja, ja, Jaaaaa!**"

Sie wusste, wenn Fredi-Bärli diese Anweisung befolgt, kann sie sich hemmungslos dem bevorstehenden Orgasmus mit allem was dazugehört widmen. Recht hatte sie! Und ihr Fredi-Bärli? Mit einem verstohlenen Blick auf die Schlafzimmeruhr wusste der, dass er noch etwas Zeit hatte.

„Wenn ich in zwei Minuten komme", dachte er sich, „erleb ich wenigstens noch die zweite Halbzeit!"

Mit einem erdbebenähnlichen Finale kam er dann, der Orgasmus. Fredi und die Lisa-Mausi erlebten für einige Sekunden das Schönste, was zwei Menschen passieren konnte.

Wie ein losgelassener Hurrikan jagt der Orgasmus durch ihre vor Wollust zuckenden Körper.

„**Uaaaaaaaahhhgg**", murmelte der kommende Fredi. Viel zu Lasch! Sein Orgasmus war nicht echt, der war bestimmt vorgetäuscht.

„Iiiiiiiiiiiiiiiiiiiiiiiiiiiih", schrie Lisa-Mausi, aber

um einige Oktaven höher. Und der war wirklich echt!

„Mann", rief die soeben beglückte Dame, nachdem sie nach allen Regeln der Liebeskunst durchgebeutelt wurde, „das tat gut!"

Jetzt, nachdem alles vorbei war, sah Fredi seine Chance kommen, doch wenigstens einen Teil des Fußballspiels zu sehen, und er versuchte sich behutsam aus der Umklammerung seiner Lisa-Mausi zu befreien.

Pustekuchen, zu früh gefreut. Er wurde von seiner Liebsten mit sanfter Gewalt zurückgezogen, wie so oft musste für die Dame eine zweite Runde her. Lisa-Mausi war noch nicht fertig genug und verlangte von ihrem Torjäger einen weiteren Freistoß.

„Hiergeblieben", flüstert Lisa-Mausi ihrem Fredi-Bärli verliebt ins Ohr, „eine Nummer, mit anschließender Nachspielzeit geht noch!"

„Und wie lange sollte deiner Meinung nach die Verlängerung andauern?", fragte der Gatte.

„Mindestens eine halbe, wenn nicht gar eine volle Stunde!" bekam er als Antwort.

„Toll! Hurra!" waren Fredi-Bärlis unhörbare Worte.

„Ausgerechnet heute will meine Alte gevögelt werden. Scheiße, jetzt kann ich auch die zweite Halbzeit vergessen! Mir bleibt auch gar nichts erspart!"

Jetzt konnte sich Fredi-Bärli alle Zeit der Welt für seine Gattin nehmen, denn an diesem Abend war an Fußball eh nicht mehr zu denken. Erst eineinhalb Stunden später kam von seiner Liebsten der erlösende Schlusspfiff. Dieser Pfiff ähnelte mehr einem Keuchen, hervorgerufen durch das befriedigte Stöhnen seiner Lisa-Mausi. Das Match der beiden Eheleute endete mit 2:0 für die Dame. Wieder mal! Alles in Allem war es doch nur eine durchwachsene Sache._Und nachdem sich Lisa-Mausi wieder gefangen hatte, wurden von der Dame alle Einzelheiten des Spiels analysiert.

„Toll warst du", stammelte sie noch immer erregt, „aber nächstes Mal konzentrierst du dich besser auf mich und nicht auf das, was im Fernseher läuft! Schau doch her, sind meine Bälle nicht interessanter als das Leder auf dem Spielfeld? Die Spieler haben nur einen Ball, du aber darfst zwei dieser weichen Dinger in die Hand nehmen!"

„Super", antwortet Fredi, „ich reiß mir den Arsch auf, um dich in Hochstimmung zu bringen und verzichte sogar auf das reale Fußballspiel, und nun erzählst Du mir, ich hätte mich nicht genug angestrengt. Beim nächsten Mal kannst Du es Dir selber machen, dann streike ich nämlich!"

„Aber hallo", antwortete Lisa-Mausi, „werd mir ja nicht frech! Sonst kannst du dir, mein Schatz, das Frühstück morgen in die Haare schmieren!"

Da war man nun! Eine Ehefrau mit einem minimalen und einem maximalen Höhepunkt, und ein Mann, der alles daransetzte, seiner Liebsten einen Orgasmus vorzutäuschen. Halt! Korrektur! Es waren zwei! Doch das Schlimmste war, dass man das Schlafzimmerfenster offengelassen hatte - die Lisa-Mausi liebte es, wenn auch die Nachbarn an ihrem Glück teilhaben durften, weshalb Hunderte rauflustiger Hooligans, bestehend aus blutrünstigen Mücken, den Eheleuten beim Sex zusahen. Und da der Fredi-Bärli meist obenauf lag, hatte er das Vergnügen, als Blutspender zu dienen. Sein gequälter Arsch sah aus wie nach einem misslungenen Schrot-Schuss. Lauter rot angelaufene Punkte, an denen sich widerliche Vampire gütlich getan hatten. Ein wahrer Albtraum!

Obwohl? Allein dieses Stechen am Allerwertesten hätte den lustlosen Kerl animieren können, dass er sich zu mehr Bewegungsstößen hinreißen ließe.

„Lisa-Mausi", stöhnte Fredi, „mein Hintern brennt wie das Höllenfeuer! Hörst du, ich sagte Höllenfeuer! Hätten wir anstatt zu Bumsen uns das Fußballspiel angeguckt, wäre alles Paletti, und mein Hintern wäre heil geblieben!"

Seine Liebste gab ihm darauf keine Antwort, wie auch, das verkommene Luder war längst eingeschlafen. Nix Fußball, darauf musste Fredi, um seiner Lisa-Mausi eine Freude zu bereiten, verzichten. Missgelaunt wie einer, der einem Finanzbeamten gegenübersteht, dachte er sich, „Scheiß Sex!"

Am Tag danach, beim gemeinsamen Frühstück. Lisa-Mausi bereitete Fredi-Bärli wie an allen Tagen seine Frühstückseier, diesmal aber ohne Speck. Der sollte erst zwei Tage später erneut in Erscheinung treten. Und wie zu erwarten, war sie dabei aufgekratzt wie ein neuwertiger Turnschuh. Nur der Fredi-Bärli hatte zittrige Hände und außerdem auffallend tiefschwarze Augenringe bis runter zum Knie. Er stand durch den immensen Kraftakt der letzten Nacht kurz vorm Erschöpfungstod.

„Mann", flüstert ihm seine Braut verliebt ins Ohr, „mach doch kein solch verdrießliches Gesicht, es war doch toll, was wir angestellt haben, oder etwa nicht? Da braucht man doch kein Fußball, um uns den Abend zu verschönern. Was soll's, die Bayern haben eh verloren, du hast also nichts versäumt. Und nun mein Schatz, ich bin noch etwas müde, also sei so brav und geh zur Arbeit, damit ich mich noch etwas hinlegen kann!"

Mit dem Elan und der Lebensfreude eines Achtzigjährigen schnappte sich Fredi die Aktentasche mit dem Wurstbrot, einem Apfel und einer Limo darin und ging wankend für die nächsten zwölf Stunden zur Tür hinaus in die reale Welt. Und die Lisa-Mausi? Die grinste sich derweil eins.

„Man muss den Herren den Sex nur schmackhaft machen, dann bekommt eine Frau alles, was sie begehrt. Und außerdem wird sich mein Lauser wundern, wenn er seine Mittagspause macht, denn ich habe ihm für seinen aufopfernden Dienst der letzten Nacht zwei hartgekochte Eier als Dankeschön mit eingepackt."

Schmunzelnd wie ein satter Maikäfer ging die Frohnatur Lisa-Mausi von Glück beseelt ins Schlafzimmer und legte sich für zwei volle Stunden ins Bett.

3   Ich liebe dich

Was denken Sie wenn Sie morgens in den Spiegel sehen? Sie werden sicher antworten: „Na ja es geht so!"

Aber bei manchen hege ich eher den Verdacht, dass jene Loser bei diesem unerfreulichen Anblick ihren ersten Schock des Tages erleben. Erst nachdem sich diese Herrschaften einer gründlichen Reinigungsprozedur ausgeliefert haben, sei es ihnen erlaubt, sich vorsichtig dem Spiegel zu nähern. Besonders arg ergeht es den Alleinstehenden. Dieser sich selbst berührende Menschenschlag hat keine mahnenden Partner, die ihnen sagen, dass sie am Kopf herum rundum Scheiße aussehen. Nicht so bei mir, denn eines darf ich - ohne mich in Narzissmus zu wälzen - sagen: Ich sehe auch noch, kurz nachdem ich das Bett verlassen habe, geiler als der Hollywood-Mime Brad Pitt aus. Man darf gerne den Vergleich ansetzten, dass ich als Supermodell unter der Männerwelt gelten darf.

Glauben Sie nicht? Egal! Hauptsache ich glaub daran!

Gleich nach dem Aufstehen klatsche ich zweimal in die Hände, dies ist das Zeichen für meinen Badspiegel, dass gleich das Licht angehen wird. Bitte glauben Sie ja nicht, dass mich das Licht nur wegen meiner adretten Person anleuchtet. Oh nein, ich hab vor Jahren eine elektrische Installation vornehmen lassen und jedes Mal, wenn ich morgens zweimal in die Hände klatsche, geht das Licht an und bei dreimal geht es wieder aus. Ist doch toll! Obwohl? An manchen Tagen glaube ich, dass sich mein Bad samt meinem Spiegel umso mehr freut, mich zu sehen. Und aus diesem Grund tut das Licht einen Freudensprung, was bewirkt, dass es umso mehr leuchtet. Einbildung meinerseits! I wo, ich sag nur das, was ich jeden Morgen aufs Neue am eigenen Leib erfahre.

Wie jeden Morgen üblich führe ich mit meinem Spiegel ein ausgiebiges Morgengespräch

„Guten Morgen! Na Herr Deuml, wie geht es Ihnen heute."

„Mir geht es ausgezeichnet!" erwidere ich auf meine selbst gestellte Frage.

Dies meine Lieben war nicht gelogen! Wieso? Na weil ich eben wie leckere Zuckerwatte aussehe.

Und weil es mein Spiegel so gut mit mir meint, pflege ich ihn intensiver als den Rest meiner Gammelbude. Nur meiner Körperpflege gewähre ich noch mehr Aufmerksamkeit. Gleich nach dem Duschen sollte das Waschen, Wienern und Kämmen losgehen. Zuerst widme ich mich meinen Haaren. Und das dauert wirklich sehr, sehr lange. Zuerst begutachte ich jedes einzelne Haar auf etwaige Ungereimtheiten wie Schuppen, graue Haare oder was noch schlimmer ist: Ich finde Stellen auf meinem Kopf an denen ich ungehindert auf die ehemals behaarte Kopfhaut blicken kann. Habe ich das erfolgreich hinter mich gebracht, beginnt das eigentliche Waschen. Mit einem sanften Shampoo für fettiges, zu trockenes, gesplisstes und zu dünnes Haar massiere ich meine Mähne. Anschließend überschütte ich meinen Kopf mit einem Haarwasser, von dem die Werbung behauptet, es wachse neues Haar nach. Und darauf kommt es doch an, oder! Zuletzt föhne ich mein Haupt auf niedrigster Stufe, denn wie dir jeder Frisör bezeugen wird, würde zu heiß angewandte Föhnluft die Haarstruktur immens gefährden. Zum Schluss sprühe ich zum besseren Halt eine viertel Dose

Dreiwettertaft auf meine Frisur. Fertig! Doch ein Blick in den Spiegel verrät mir zumeist, dass sich auf meinem Kopf ein Fiasko anzubahnen droht. Wie das? Na weil ich beim näheren Hinsehen wie eine zerfledderte Weihnachtsgans aussehe.

„Shit!" rufe ich genervt, „da haben sich doch tatsächlich einige Haarbüschel aus der Umklammerung des Haarsprays gelöst. Ach Gott! Nicht schon wieder! Das war wohl wiedermal für die Katz!!"

Was so viel bedeutet, dass ich die ganze Prozedur der Haarpflege von neuen starten darf. Nur sehr selten habe ich das Glück das mein Haar schon beim ersten Mal perfekt sitzt. Und so heißt es, ein zweites Mal waschen, föhnen und in den Spiegel gucken. Gut! Nur zweimal waschen und schon sitzt mein Skalp. Nach eineinhalb Stunden hat sich wenigstens die Frisurfrage zu meinen Gunsten gelöst.

„Na endlich", sage ich zu meinem Spiegel, „es ist ja wieder gut gegangen. Ich hoffe nur noch, dass es heute nicht zu windig wird!"

Obwohl es für manche als unlogisch erscheint, widme ich mich erst an zweiter Stelle den Zähnen. Für diese Arbeit an achtundzwanzig Beißerchen rechne ich mit knapp einer halben Stunde. Ich bin der Albtraum für jedes Kariesbakterium. Meine Zahnbürste führe ich mindestens achtmal um jeden einzelnen Zahn herum und abschließend gewähre ich meinem Gebiss eine Rundumpflege mit Zahnseide und einer Mundspülung. Glauben Sie mir, nach dieser Anwendung wird jede Frau vor jenem Weiß erblinden, wenn sie in mein strahlend weißes Superduperzahnweiß blickt. Um mein Aussehen zu krönen, schmiere ich mir eine irrsinnig teure faltenreduzierende Männeremulsion ins Gesicht. Was Frauen seit Jahrhunderten mit größtmöglichem Eifer praktizieren, ist infolge der Gleichberechtigung kein Tabuthema mehr für uns Männer.

Was soll ich sonst sagen, als dass ich umwerfend aussehe. Von genehmigtem Übermut beseelt kann ich es mir nicht verkneifen, meinem Spiegel ein wohlwollendes Bussi zukommen zu lassen.

„Na du alter Schelm! Diesen Kuss hast du dir redlich verdient! Und? Gefalle ich dir?"

Meine ehrenwerten Herrschaften, es ist zweifelslos zweitrangig von mir, diese Frage zu stellen, wo ich doch selbst am besten weiß, dass ich in Bezug auf „Gutes Aussehen" von meinem Schöpfer mit allen Attributen eines vergleichbaren antiken Götterschönlings verwöhnt wurde. Ein nettes Lied pfeifend verlasse ich das Badezimmer, um mich der Garderobenfrage zu stellen. Nichts ist sträflicher als ein Outfit, das nicht zum gelungenen Aussehen des jeweiligen Trägers beiträgt. Eine modische Hose mit akkurater Bugfalte, ein bügelfreies Hemd, wenn vorhanden mit dazu passender Krawatte, und schwarze Lackschuhe sollten mein Erscheinungsbild vervollkommnen.

Bis jetzt waren drei Stunden, die ich mit mir und meinem Spiegelbild verbracht hatte, vergangen. Und letztendlich hat sich diese allmorgendliche Schinderei für mich gelohnt. Jetzt erst kann ich es wagen, mich den Herausforderungen des Tages zu stellen. Nun aber hopp hopp, nun muss es schnell gehen. In einer Hand halte ich eine Tasse Kaffee und in der anderen ein Marmeladenbrot. Doch bevor ich das Haus verlasse, trete ich noch vor meinen Spiegel, um mich von allen Seiten her wohlwollend zu begutachten. Und ich darf ohne Großmut behaupten:

„Deuml, du alter Lauser, du siehst so lecker aus wie eine Sachertorte, am liebsten würde ich mich auf dich stürzen und dich mit Haut und Haar auffressen."

Ein letzter prüfender Blick in den Spiegel entlockt mir ein Kompliment ersten Ranges:

„Spieglein, Spieglein an der Wand,
ich liebe Dich!"

4   Frühstück am Sonntag

Dreißig Jahre Ehe! Mann, das muss man sich erst mal auf der Zunge zergehen lassen! Drei Jahrzehnte in einer Spirale sich ewig wiederholender Zeremonien. Frage: Wie soll das gut gehen? Eine solche Liebe, oder sollen wir trefflicher Beziehung zu dieser Verbindung sagen, kenne ich aus meiner Nachbarschaft.

Franziska M. und ihr Gatte Emil, ebenfalls M., sind die Akteure, die mich zu der Geschichte des anschaulichen Ehelebens inspirierten.

Sonntag irgendwo im März und die Uhr zeigte acht Uhr fünf! Frau M. stand wie gewohnt in der Küche und bereitete das Frühstücksmahl für sich und ihren Gatten. Eier mit Speck, Marmeladenbrot und Kaffee mit einem Schuss Sahne darin, so sollte der Tag gut beginnen. Es musste schnell gehen! Schließlich war der Herr des Hauses darauf programmiert, seine wackeligen Zähne um acht Uhr dreißig ins morgendliche Mahl zu versenken. Am Sonntag war der einzige Tag, wo er sich gehen lassen konnte, dann blieb er eine volle Stunde länger im Bett. Nur eines konnte den Sonntag in dunkle Frustwolken hüllen: Unpünktlichkeit! Seine Gattin hatte stets dafür zu sorgen, dass die Spiegeleier pünktlich auf den Tisch kamen.

Und wehe, er musste warten, dann war der ganze Sonntag so gut wie im Arsch.

„Heute", dachte sich die aufopfernde Ehegattin, „wird mein Schatz stolz auf mich sein!"

Nachdem sich der Kaffeeduft durch das ganze Haus geschlängelt und an der Nase des Gatten Halt gemacht hatte, erwachte Herr M. Ein kurzer Blick in den Spiegel, und nach einem ausgiebigen Morgenschiss war es dann soweit, er konnte sich - bereit für seine anstehenden Arbeiten am Frühstücksbuffet - an den gedeckten Tisch setzen. Mit einem verschlafenen Ton sprach er ein kurzes „Moin Mutti!"

„Moin Vati", antwortete seine Gattin, „setz Dich an den Tisch sonst werden die Eier kalt".

„Ja, ja", antwortete der Angesprochene, „so wie letzten Sonntag wo Dir der Toast angebrannt ist. Ich hoffe nur das eine, dass es Dir heute auch nicht gelingen mag mich zu vergiften. Übrigens, wir sind fünf Minuten über der Zeit, soll ich etwa verhungern?"

„Ach geh, du machst Dir wegen lächerlichen fünf Minuten ins Hemd, kannst Du nicht einmal etwas spontaner sein?"

„Nein, kann ich nicht."

Wie Sie aus den Zeilen herauslesen können, hat sich im Laufe der Jahre der dumpfe Alltag auf die ehemals so wundervolle Liebe gelegt.

„Vati, früher hast du mich zur Begrüßung geküsst, und heute? Heute hast du nicht mal einen flüchtigen Blick für mich übrig."

„Aber ja doch", antwortete Herr M., „ich sagte doch „Moin! Was willst du mehr? Soll ich Deinetwegen den Fleurop-Dienst anrufen damit der Dir einen Strauß Rosen überreicht?"

„Nein! Ein simpler Kuss auf die Wange hätte es auch getan!"

Der Gatte setzte sich an den Tisch, kratzte sich ausgiebig aber verstohlen an seinem Gehänge und gleichzeitig fingerte er sich seine geliebte Sonntagszeitung. Erst mal wollte er wissen, wie das Match Bayern München gegen den HSV ausgegangen war. Das, was er las, ließ ihn ein kleines Lächeln ins sein zerknitterndes Gesicht zaubern. Wie es schien, hatte der FC Bayern München das Spiel für sich entschieden. Toll!

„Und?", fragte seine Dame.

„Und was?", fragte der Herr, „was wollen wir an diesem Sonntag unternehmen? Eine Idee hätte ich!"

„Deine Ideen kenn ich", antwortet ihr Gatte, „also an was dachtest Du?"

„Wie wäre es, wenn wir wieder mal die Stadt unsicher machen würden! Auf dem Burgberg gibt es heute eine Botanikausstellung und Du weißt doch, wie vernarrt ich in alles Grüne bin. Später könnten wir uns in einem netten Lokal Kaffee und Kuchen servieren lassen. Und, was sagst Du zu meinem Vorschlag?"

„Typisch", sagte der Herr M., „nur Du kannst solche Ideen haben! Kommt nicht in Frage! Einem schmierigen Wirt mein gutes Geld in den Rachen werfen, wie käme ich dazu! Aber was Deine Liebe zur Pflanzenwelt betrifft, geh meinetwegen in unseren Garten und betrachte unsere Brennnesseln. Und wenn Du unbedingt Kaffee und Kuchen willst, gibt es eine bezahlbare Lösung! Kaffee ist jede Menge im Haus, und Kuchen kannst du dir selber einen backen. Glaub mir der schmeckt genauso gut kostet nur die Hälfte!"

„Geizkragen", sagte die Gattin.

„Ja, ja", antwortet der Gatte, „und der Kaffee ist kalt! Und? Was sagst du dazu?"

„Ach leck mich doch am A...!" Dachte sich Frau M. Um sich von den Unverschämtheiten ihres Mannes abzulenken, widmete sie sich weiterhin dem Honigbrot. Das ewige Gesetz einer langen Ehe bedeutet, dass das Feuer der Liebe im Laufe der Jahre erloschen ist, es bleibt einem nur noch das Essen. Der Ehefrust übernimmt das Zepter.

Nach einiger Zeit des Schweigens hielt es Frau M. nicht mehr aus, sie musste, ob sie nun wollte oder nicht, ihrem Alten eins reinwürgen.

„Früher konntest Du es gar nicht erwarten, mich durch die Stadt zu führen. Und wehe, wenn ein anderer nach mir schielte, dann bekam der eine Tracht Prügel. Und heute? Heute betrachtest Du mich wie einem brauchbaren Gegenstand, der beizeiten ein Essen auf den Tisch zaubert. Ich glaube, Du liebst meine Spiegeleier mehr als mich!"

„Na ja, das war früher!" sprach der Gatte, „aber wer will heute schon noch Deinen Krampfadern hinterher schielen. Und was das Essen betrifft, das war auch schon besser!"

„Aha", sagte die Gattin, „dem Herrn schmeckt es also nicht mehr, was ich ihm vorsetze. Komisch? Dafür, dass es dem Herrn nicht schmeckt, wird er immer fetter!"

„Übergewicht, meine Liebe", sprach der Gatte, „entsteht nicht durch Genuss, sondern aus purem Frust!"

Der Gatte war an diesem Sonntag mehr als unausstehlich. Ein Monster! Um nicht noch mehr Benzin ins Feuer zu schütten, beschlossen die Beiden weiter zu schweigen. Nach fünfzehn Minuten der Waffenruhe sprach als erster Herr M.:

„He Alte, wo ist Pfeffer und Salz?"

„Im Supermarkt!", bekam er von seiner Gattin prompt zur Antwort.

„Ach ja, dort verbringst Du eh die meiste Zeit! Dir gefällt wohl der neue Verkäufer hinter der Fleischtheke! Als wenn der Augen für so 'ne alte Schachtel wie Dich übrighätte. Ha, ha, ha!"

„Warte, Du widerlicher Drecksack", schimpfte Frau M., „irgendwann kippe ich Dir eine Portion Rattengift in den Kaffee!"

„Meinetwegen, aber dann schnapp Dir nicht das teuerste Produkt, such gefälligst nach möglichem Sonderangebot.", antwortet der Herr M.

„Sieh her, mein geliebter Gatte, was ich für Dich habe!" Bei dieser Gelegenheit hielt sie ihm ihren mittleren Finger der rechten Hand unter die Nase. Es war der berühmte Stinkefinger!

„Was willst Du mir damit sagen", fragte der Ehemann, „willst Du mir andeuten, dass Du beim Juwelier einen sündhaft teuren Brillantring erspäht hast, den ich Dir auf den Finger schieben darf? Oder wie? Wenn ja, dann meine Liebe mach Deine Augen zu und alles, was Du dann siehst, gehört allein nur Dir!"

„Ja, Ja", gab ihm Frau M. Antwort, „so kenn ich Dich! Aber wenn du unbedingt willst, einen Ring würde ich zu gerne tauschen und zwar meinen Ehering. Doch für das wertlose Teil bekomme ich - weil der aus minderwertigem 333er Blechgold ist - nur einen Kaugummi. Und wahrscheinlich müsste ich ein paar Euro drauflegen damit er einen Interessenten finden würde."

„Ach geh schon", antwortete der Gatte, „hätte ich damals geahnt, was mich bei Dir erwartet, hättest du keinen Ring am Finger! Aber so ist es nun mal, aus ehemals erotischen Elfen wird, wenn man Ihnen einen Ring um den Finger streift, ein feuerspeiender Drachen."

„Und aus edlen Rittern", bekam er zur Antwort, „werden nach einer Hochzeitszeremonie fette und impotente Loser, die nur noch eines auf die Reihe bringen, nämlich Bier saufen, ungezügelt in sich rein fressen und auf der Couch die Fußballbundesliga verfolgen. Und wir Frauen? Wir sehen uns gezwungen, uns einen kostspieligen Gigolo anzulachen!"

Um ihrem Frust mehr Nachdruck zu verleihen, warf die erboste Dame ihrem Gatten das Geschirrtuch an den Kopf. Und was tat der Angegriffene? Der schrie, als würde man ihn seiner Eier berauben.

„Du alte Schlampe, du kannst nur das Eine, mein schwerverdientes Geld unter die Leute bringen und mit Geschirrtüchern um dich werfen."

Na, na", sagte Frau M., „Du hattest eh großes Glück, das ich keine Zeit hatte, um nach einer Bratpfanne zu greifen. Trotzdem, es würde mich brennend interessieren, wie du dann ausgesehen hättest, so ganz ohne Zähne! Aber wenn dem ehrenwerten Herrn danach ist, werde ich mich gerne nach so einem Geschoss umsehen!"

Mittlerweile war die Luft vom vielen Streiten giftiger als Salzsäure. Zu sehr hatte sich die Situation ins Negative verschlagen! Erneut einigten sie sich auf zehn Minuten Waffenruhe. Wie es scheint, hatten die Beiden ihr Pulver verschossen.

Es konnte aber durchaus in Erwägung gezogen werden, dass man sich neue Energien für einen weiteren brachialen Angriff aufbaute. Man beobachtete sich aus sicherer Distanz heraus und wartete, was der Gegner als Nächstes im Schilde führen mochte. Einer - da waren sich beide sicher - würde das Wort ergreifen, um dann im Paroli-Kugelhagel unterzugehen. Nach einer Viertelstunde war es dann soweit.

„Neulich", durchbrach der Gatte die Stille, „hab ich das gerochen, was unsere Nachbarin - die Oberhauser Walburga - ihrem Herrn Gemahl gekocht hatte. Wau! Ich muss schon sagen, das Zeug hatte Aroma, nicht so wie das Katzenfutter, das Du mir jeden Sonntag vorsetzt."

„Ach was bist Du nur für ein jämmerliches Arschloch*", konterte Frau M.

(*Mit einem Arschloch wird das Körperteil benannt, wo die verdaute Nahrung wieder ans Tageslicht erscheint! Nur um etwaige Unklarheiten auszuräumen!)

Frau M. war eine herzensgute Dame. Die Gute hoffte stets, dass sie zu Beginn ihrer Ehe eigene Kinderchen in den Schlaf schaukeln würde. Doch dieses Vorrecht auf Kinderwunsch - das ja eigentlich jeder Frau zustehen sollte - wurde ihr verwehrt. Wie das? Konnte die Arme keine Kinder bekommen oder was? Nein, an ihr lag es nicht, sondern ihr Gatte war derjenige, der eine sehr ausgeprägte Kinderallergie besaß.

„Kinder", sagte er stets, „machen den ganzen Tag hindurch Radau, produzieren noch mehr Dreck und kosten außerdem Unsummen von Geld."

Dabei sind es doch gerade Kinder, die eine Ehe zu einer intakten Familie zusammenschweißen lässt. Im Familienverbund sind die Rollen gerecht verteilt, der Herr geht fleißig seiner Arbeit nach und beglückt sein Heim mit allem, was zu einer erfolgreichen Familiensaga dazugehört. Und der Eheengel des Hauses schafft für alle im Haus Lebenden eine Atmosphäre, in der es sich gemütlich leben lässt. Jeder, ob Mensch, Hund oder Katze sollen sich im Hause M. rundum wohlfühlen. Und was bekam die Frau für ihren täglichen Einsatz an Herd und Haus? Nur Ärger! Und das ohne Ende!

„Aha", sprach der Herr, „wie ich am Etikett sehe, kommt die Butter aus dem Supermarkt. Hast Du dort dem Schönling Anton von deinen erogenen Vorzügen vorgeschwärmt! Na wenn der von Deinen Krampfadern wüsste!"

Diese Bösartigkeit konnte sich die Gattin - auch zu Recht - nicht bieten lassen. Mit einem Dreh um die eigene Achse warf sie eine Kaffeetasse in die Richtung ihres Gatten. Nur durch seine schnellen Reflexe war es ihm möglich, dem Geschoss auszuweichen. Das Kriegsbeil war somit ausgegraben! Krieg! Jetzt herrscht Krieg.

„Was soll das", schrie er, „Du hättest mich töten können!"

„Ja, hätte ich", erwiderte seine Frau, „aber leider hab ich nicht genau gezielt, sonst würdest Du das bisschen Hirn, das Du Dein Eigen nennst, am Boden vorfinden."

„Dir werd ich helfen, mit Geschirr um Dich zu werfen. Gleich mache ich mich an Deinem Hals zu schaffen. Ich drück Dir die Luftröhre zurück auf null. Hast Du mich verstanden? Ich sagte auf null!"

Der in seinem Stolz verletzte Gatte ging mit beiden Händen auf seine bessere Hälfte los. Er wollte sie partout zur Vernunft würgen. **(Geht so was?)** Doch Frau M. war gegen seine Angriffe nicht wehrlos, schließlich hatte sie in jungen Jahren erfolgreich einen Selbstverteidigungskurs in Karate belegt. In Sachen Wehrhaftigkeit stand es nun fifty-fifty. Brachiale Gewalt und das am Sonntag! Was jetzt kommt, sollte wirklich nicht am sonntäglichen Frühstückstisch stattfinden. Aber um den Smog der Gehässigkeit zu reinigen, war es den Beiden nicht mehr möglich, einem blutigen Streit aus dem Wege zu gehen. Jetzt flogen die Fetzen! Das Geschirr im Küchenschrank begann so arg zu zittern, dass das eine oder andere Glas zu tausend Scherben zerbarst.

Trotz größtem Einsatz schaffte es der erzürnte Gatte nicht, seiner Liebsten den Hals umzudrehen. Er bekam mehr Prügel ab, als er sich zu Anfang erträumt hatte.

„He", schrie der Gatte indem er von seiner Frau unter den Küchentisch flüchtete, „Deine Schläge auf den Kopf sind unfair!"

„O.k.", antwortete seine Frau, „dann werde ich Dich eben eine Etage tiefer bedienen! Mal sehen was Deine Eier zu meiner Wohlfühlmassage sagen."

„Lass meine Eier aus dem Spiel! Hörst Du? Nicht die Eier!"

Zu spät! Ein Tritt in die Lenden beendete vorerst den Kampf. Der Arme lag - sich vor Schmerzen krümmend - auf dem Fußboden und japste nach Luft. Der Fight endete mit einem 1:0 für die Gemahlin. Mit schmerzverzerrten Gesicht, das von einem blauen Auge verziert wurde, lag er da, der harmonisierte Macho. Seine Gattin stand breitbeinig mit gezückter Faust vor ihm und fragte höflich:

„Und? Hast Du nun genug?"

„Nein", antwortete der Ehemann, „eigentlich hätte ich Lust auf mehr. Und? Bist du dabei?"

„Aber ja doch!" sprach seine Frau.

Die Frau hob ihren Gatten vom Boden auf, küsste ihn auf die blutverschmierte Wange, und die Beiden gingen Hand in Hand ins Schlafzimmer. Dort würden sie ihren Kampf weiterführen, doch diesmal sollte es beiden unsagbaren Spaß bereiten.

5   Der Wetterbericht

Mit dem Wetter hat es so manche Müh! Mal ist es zu kalt und ein andermal zu heiß. Aber meistens ist das Wetter beschissen, sodass wir jede Menge Diskussionsbedürfnis in uns hegen. Doch man sollte es nicht für möglich halten, in manchen Fällen kann das Gerede über die vorherrschenden Wetterkapriolen viel Gutes bewirken. Besonders dann, wenn es zwei einsame Herzen zu einem Gespräch zusammenführt.

Wie bitte, so was gibt es? Ich kann mir ja vorstellen, dass sich zwei Individuen in einer lauschigen Bar oder beim Speed-Dating kennenlernen, aber durch ein simples Gespräch über Wettervorhersagen? Daran muss ich mich erst noch gewöhnen.

Aber dem ist so! Es gibt so ein Pärchen! Der Franz, von Beruf Arbeitslosengeldbezieher, und Elli, eine ehemalige Beamtenwitwe, haben sich auf diesem ungewöhnlichen Weg kennen und lieben gelernt. Und heute sind die Beiden glücklich???- verheiratet. Lassen Sie mich erzählen!

Der Franz ging in ein Café, um wenigstens aus der Ferne heraus eine Frau zu Gesicht zu bekommen. Genau! Der Arme besitzt die Lohnsteuerkarte, die ihn als alleinstehenden Herrn ausweist. Eigentlich ist das Junggesellenleben nicht das schlechteste, aber zuweilen ist man doch sehr einsam. Besonders dann, wenn das heillos überzogene Konto wild um sich nach Hilfe schreit. Dieses Manko lässt jeden Lebenskünstler in Schwermut verfallen. Und hier im Stadtcafé gibt es laut Franz jede Menge gleichgesinnter Leidensgenossinnen, die wie er gewillt sind, ihrem Junggesellenstatus ein Ende zu setzen.

Franz sah sich im Lokal eingehend um und dachte sich,

„Toll, nur eine Frau. Wo in Gottes Namen sind die anderen?"

Mit den anderen meinte er die jungen und hübschen! Obwohl er selbst nicht mehr als taufrisch durchs Leben geht, hat er doch immer noch einen exquisiten Geschmack, was seine Damenwahl betrifft. Doch an diesem Tag musste er sich mit nur einer im Lokal befindlichen Dame begnügen. Doch bei näherer Betrachtung war diese Frau alles andere, aber keineswegs hässlich. Der Franz kannte die Dame, sie war eine Beamtenwitwe mittleren Alters.

„Wahrscheinlich", dachte er sich, „hat sie ihren Verblichenen derart gestresst, dass der arme Mann es vorzog, ins Grass zu beißen. Und jetzt? Jetzt verprasst sie seine Pension. Apropos Pension! Es wäre interessant zu erfahren, was die so an Devisen auf dem Girokonto liegen hat."

Um dies ausfindig zu machen, musste Franz am Nebentisch - also ganz nahe der Dame - Platz nehmen. Lange, sehr lange musterte Franz wie ein hungriges Raubtier seine anvisierte Beute.

„Was unternehm ich bloß", dachte er sich, „wie komm ich dieser Dame und ihrer Pension näher?"

Aber nicht nur der Franz war neugierig geworden, mittlerweile war es der Dame nicht entgangen, dass sie wohlwollend beobachtet wurde. Zaghaft, um nicht als aufdringlich zu gelten, riskierte sie einen flüchtigen Blick, um sich den Franz näher von der Seite anzusehen. Was natürlich dem Franz nicht verborgen blieb. Jetzt fasste er seinen gesamten Mut und versuchte mit der Dame ein vorerst belangloses Gespräch zu beginnen.

„Meine Gute", fragte er noch etwas schüchtern, „was sagen Sie zum heutigen Wetter?"

„Mir ist es um eine Spur zu warm!", antwortete die

Angesprochene, „Sie müssen wissen, dass ich als blonder Hauttyp sehr leicht zu Sonnenbrand neige!"

„Ach geh", antwortete Franz, „das bisschen Farbe im Gesicht macht Sie nur noch hübscher!"

Die Angesprochene bekam nach Franz' frechem Vorstoß einen leicht roten Teint. Das Verlegenheitsrot in ihrem Gesicht stand ihr ehrlich gesagt sehr gut, und der Franz fühlte sich berufen, die Dame weiterhin mit seinem Versuch, sie in ein gewinnbringendes Gespräch zu verwickeln, für sich zu gewinnen.

„Meine Dame, wäre es für Sie interessanter, wenn es in Sturzbächen auf uns Zwei herabregnen würde?"

„Sie haben ja so recht", antwortet die Dame, „es wäre eine Katastrophe! Gerade heute Morgen hab ich sämtliche Fenster - zwanzig insgesamt - in meinem weiträumigen Haus geputzt. Und noch mal von vorne beginnen würde mich echt schlauchen."

„Eigenes Haus, und zwanzig Fenster", dachte sich Franz, „das hört sich sehr gut an!"

Insgeheim rechnete Franz aus, was die Hütte auf dem Immobilienmarkt einbringen würde. Zwanzig Fenster! Allein das muss nach seiner Vorstellung mehrere Hunderttausend wert sein. Bei dieser Aussicht lief dem Franz sein Maulsabber von einer Seite zur anderen. Vorbei schienen die Zeiten zu sein, in denen er beim Arbeitsamt um das Nötige betteln muss. Und nie mehr muss er bei seinem Wirt um Bier anschreiben lassen.

Aber zuerst heißt es, die Dame von den Vorzügen, die der Franz zu bieten hat, zu überzeugen.

Welche Vorzüge?

Der Franz kann doch nur zwei Dinge! Schlafen bis in den späten Nachmittag und saufen bis kurz vorm Leberinfarkt.

„Recht haben Sie", sprach Franz, „Regen muss wirklich nicht sein. Und außerdem haben wir zwei eh keinen Schirm dabei. Ha, ha, ha!"

„Obwohl", fügte die Dame hinzu, „etwas Regen würde trotzdem nicht schaden! Meine Blumen im Garten lassen schon ihre Köpfe hängen. Mir tun schon die Arme weh vom vielen Gießen!"

„Haben Sie viele Blumen im Garten?", fragte Franz neugierig.

„Tausende!" bekam er Antwort, „bei nahezu zehntausend Quadratmeter Grundstück!"

Jetzt klappte dem Franz sein Unterkiefer vollends runter bis zu den Knien. Mit derart viel Reichtum hat er nicht gerechnet. Sein Herz schlug vor lauter Freude Purzelbäume. Jetzt hieß es für den Casanova, „dran bleiben!"

„Aber ganz schlimm war es im letzten Jahr!" sprach die Dame, „da hat mir der Hagel alle Blumen und das Gemüse bis auf die Stängel verhagelt!"

„Wie, sie pflegen auch Gemüse!", sagte Franz.

„Aber ja doch! Meine Gurken und Co. pflege ich in einem separaten Grundstück. Nicht allzu groß bloß fünftausend Quadratmeter."

„Nur fünftausend!", dachte sich Franz, „mein gesamter Besitz beläuft sich gerade mal auf zwei Jeans, drei Hemden und sieben einzelne Socken, von denen haben vier Löcher so groß, dass ich leicht darin aus und ein gehen könnte. Und leben tu ich in einem Kakerlakenhotel mit fließendem Wasser von der Decke und einer Pilzkultur an den Wänden."

„Man muss dankbar sein für jedes Wetter", sprach die Dame weiter, „in Afrika ist es so heiß, dass die Nilpferde einen Sonnenstich bekommen. Aber trotzdem, etwas Regen würde nicht schaden."

„Natürlich", sagte Franz, „aber wenn es schon regnet, soll es wenigstens spät abends stattfinden."

(Als wenn so einer wie der Franz um diese von Gott gesegnete Zeit brav und frei von Sünden im Bett liegen würde)!

„Mein seliger Gatte", sprach die Dame, „sagte stets, Regenwasser sei der Quell des Lebens. Und aus diesem Grund hatte er einen Brunnen in unserem parkähnlichen Grundstück geschlagen, um jederzeit an das erfrischende Nass zu gelangen."

„Welchen Beruf hatte Ihr Gatte", fragte Franz.

„Ach mein verstorbener Gatte! Er war ein Beamter im gehobenen Dienst. Dadurch, dass mein Schatz vorzeitig starb, erhielt ich eine weitgehend hohe Pension."

Hohe Pension! Franz biss sich auf die Zunge, für ihn wurde es immer doller. Noch schnell zählte Franz sein Geld: Zehn Euro!

„Gut", dachte er sich, „das reicht! Damit kann ich den Geldsack zu einem Kaffee einladen. Einiges an Investitionen muss halt sein.

Meine Gute", sprach Franz, „mit Ihnen kann ich mich so gut unterhalten, würden Sie es als Beleidigung ansehen, wenn ich es wagen würde, Sie zu einer Tasse Kaffee einzuladen?"

„Nein", sagte die Dame, „Sie dürfen! Es ist eh viel zu heiß, um im Garten zu arbeiten."

Mittlerweile hat der Franz am Tisch der Dame Platz genommen.

„Meine Dame!", sprach Franz die Dame an, „dafür, dass Sie so viel im Garten arbeiten, haben Sie aber sehr schöne und gepflegte Hände!"

Doch diese überhörte bewusst die Flirtkanonaden, die ihr der Franz zusendete. Die Dame blieb lieber beim Wetter.

„Einige Grad weniger und ich würde inmitten meiner Blumenpracht sitzen, aber heute? Heute lass ich mich hier im Café von Ihnen mit einer Tasse Kaffee verwöhnen."

Und zum Entsetzen ihres Verehrers Franz bestellte die Dame eine weitere Tasse duftenden Kaffee. Und Franz sollte der edle Spender sein. Sein Budget wurde daher immer schmäler. Um nicht in finanzielle Schwierigkeiten zu gelangen, bestellte er bei der Bedienung nur ein simples Glas Wasser. Als Ausrede darüber gebrauchte er seinen Medikamenteneinsatz.

„Ich", sagte die Dame, „habe genau ausgerechnet, wenn es nur einen halben Liter auf dem Quadratmeter regnen würde, müsste ich drei Gießkannen weniger schleppen. Das würde meinem Rücken nur zu guttun."

„Haben Sie keinen Partner, der Ihnen bei der Gartenarbeit hilft", fragte Franz.

„Leider nein", sprach die Dame, „die nichtsnutzigen Kerle wollen doch nur an mein immenses Vermögen. Lassen wir dieses Thema! Kommen wir zurück zum Wetter. Gestern Abend in den Fernsehnachrichten prophezeite der Wetterbericht, dass es vielleicht zu einem Gewitter kommen könnte. Haben Sie das auch gehört?"

„Ja", antwortet Franz, „aber eigentlich braucht man nicht unbedingt dem Wetterbericht lauschen, es genügt vollends, rauf zum Himmel zu sehen, da kann jeder erkennen, dass immer mehr Wolken den Himmel bedecken!"

(Reines Geschwätz! Gestern Abend hatte der Franz wirklich keine Zeit um den Wetterbericht zu hören, denn er genoss auf seinem DVD-Player einen anregenden Hardcore Porno.)

„Der Sommer hat ja was Gutes", sprach die Dame, „aber mehr noch liebe ich den Winter. Da ist es nicht gar so heiß! Ach wie toll war es doch, als mein seliger Gatte und ich in unserer Skihütte in den Südtiroler Dolomiten unser Weihnachtsfest feierten. Da gab es jede Menge Partys. Wirklich, da ging sehr oft der Punk ab."

„Toll", dachte sich der Franz, „die Alte besitzt Millionen. Die braucht unbedingt einen Finanzmanager, so einen wie mich zum Beispiel."

Mittlerweile gönnte sich die Dame auf Franz' Kosten zu den zwei Kaffee auch noch einen Prosecco. Zwei Kaffee und ein Prosecco! Die verwöhnte Dame produzierte dem Franz ein schwerwiegendes Problem. Die Zeche überstieg sein Budget, zehn Euro sind nun mal kein Vermögen! Um seine Schulden stemmen zu können, übergab der Franz unter vier Augen dem Wirt seine Armbanduhr als Pfand. Gegen einen Aufpreis von fünfzig Prozent erklärte sich der Wirt gerne bereit, dem Franz bei seinem Finanzdesaster helfend unter die Arme zu greifen. Jetzt musste der Franz für sich einen Erfolg vorweisen können, darum sollten seine Worte mehr Biss zeigen. Schließlich lief dem Lebemann die Zeit davon.

„Das schwül-heiße Wetter", begann Franz mit der Dame zu flirten, „verleitet, dass sich zwei Menschen zu gerne verlieben. Und ich muss ehrlich gestehen, dass Sie meine Liebe eine reizende Person sind."

„Sie sind mir vielleicht einer!", antwortet die Angesprochene.

„Aber ja doch", sprach Franz, „seit Jahren habe ich mich nicht so gut und lehrreich wie mit Ihnen unterhalten. Zu gerne würde ich Sie bitten, mich als einen Freund anzusehen! Dann meine Liebste müssten Sie nicht in Ihrem Garten bis zur Erschöpfung schuften. Na, was sagen Sie zu meinem ernst gemeinten Angebot?"

Die Dame sah sich den Franz genauer an, ihr gefiel das tolldreiste Vorgehen ihres Gesprächspartners. Eigentlich war auch sie des Alleinseins müde, aber jeden dahergelaufenen Kerl von der Straße? Nein dafür war sie zu besonnen. Nur einem, der fleißig arbeiten und das verdiente Geld zu dem Ihrigen dazulegen würde, wollte sie ihr Herz schenken.

„Mein Herr auch ich finde Sie sympathisch aber da bleibt eine Frage offen."

„Fragen Sie nur!", antwortet Franz, „ich werde Ihnen gerne Rede und Antwort stehen!"

Nach einen weiteren Glas Prosecco stellte die Dame eine wichtige Frage:

„Mein Freund, wie heißen Sie überhaupt?"

„Sie dürfen Franz und außerdem Du zu mir sagen!", antwortet Franz.

„Franz, aha!" sprach sie, „gut, meinetwegen duzen wir uns. Also ich bin die Elli! Eine Frage hätte dennoch an Dich!"

„Na dann lass hören!", antwortete Franz.

„Franz, welchen Beruf übst Du eigentlich aus?"

Jetzt wurde es um Franz' Hals immer enger. Er hatte nur sehr wenig Zeit, diese alles entscheidende Frage zu beantworten. Ohne rot zu werden, gab er nach fünf Sekunden Bedenkzeit Antwort:

„Elli, ich bin seit Jahren beim Staat als Angestellter tätig. **(Das Arbeitsamt, dachte sich Franz, ist doch staatlich, und somit habe er nicht gelogen!)**"

Diese Antwort gefiel der Elli.

„Der Franz arbeitet also im öffentlichen Dienst", dachte sich die Elli, „das ist eine sichere Anstellung." **(Mit dieser Vermutung hatte die Elli recht. Das Arbeitsamt ist ein sicherer Brötchengeber das pünktlich den Arbeitslosenlohn zahlt.)**

Nach einiger Zeit, um jene Situation für sich zu ana-

lysieren, sprach sie mit einem sanften Ton:
„Franz du frecher Lauser, Du hast mich überzeugt! Jetzt mein neuer Freund gebe ich einen aus."
Man unterhielt sich weiter über das Wetter und über die Formalitäten, die eine Beziehung mit sich bringt. Und nach kurzer Zeit hielten beide fleißig Händchen. Der Franz sah sich schon als vermögender Herr, vor dem man ehrerbietig den Hut zog. In seinem Kopf rechnete er sich aus, wie er den jungen Damen in den Eisdielen der Stadt mit seiner Freigiebigkeit imponieren würde. An jedem Finger - so seine Vorstellung - würde er mindestens zwci wcnn nicht gar drei Mädels haben. Er musste nur zusehen, dass ihm seine neue Liebe, die Elli, alle Vollmachten über sämtliche Konten überließ.

Nachdem der Wirt beschlossen hatte, sein Café für diesen Tag zu schließen, verließen die Elli und ihr Franz Hand in Hand den Ort ihres Kennenlernens. Mit einem Augenzwinkern verabschiedete sich Franz mehr als Elli von jenem Herrn. Wieso! Na schließlich hatte der Franz seine Armbanduhr an diesen Herrn verpfändet! Er wusste eh, dass er bald in Gcld ʒchwimmcn würdc.

Irrtum Franz! Bei dieser Dame hatte er die berühmte Katze im Sack gekauft. Denn Elli dachte nicht im Traum daran, sich von ihrem Geld zu trennen. Sie suchte keinen Lover, nein, ihr war nur nach einem ehrenamtlichen - also einem umsonst arbeitenden - Gärtner zumute. Von wegen Party machen bis zum finalen Absturz. Für Franz hieß es von nun an, dass er für jeden Cent, den er von seiner Elli als Taschengeld erhielt, im Haus und Garten mehr schuften musste als ein Ochse. Und somit wurde das Leben unseres Franz dank Wetterbericht zu einem immerwährenden Regentag.

6 Ungeziefervernichtung auf hohem Niveau

Wie? Sie gehören also auch zu jenen Leuten, die tatsächlich glauben, dass ihr Umfeld von Ungeziefer aller Art verschont bleibt. Na ja, auch ein Irrglauben bedeutet Glauben. Doch um es gleich vorweg zu sagen, auch Ihre Bude ist Heimat lästiger Tiergattungen. Selbst in den edelsten Königshäusern dieser Welt haben diverse Kammerjäger täglich ihr Auskommen, indem sie Tiere ausrotten, die der Menschheit seit Tausenden von Jahren Probleme bereiten. Es versteht sich ja von selbst, dass kein ehrbarer Bürger freiwillig zugibt, dass sein Keller einem fruchtbaren Garten Eden für unliebsame Lebewesen gleicht. Aber wieso nur im Keller? Im ganzen Haus tummeln sich die ekelhaftesten Viecher! Das beginnt schon im wichtigsten Raum des Hauses, der Küche. Was Sie dort an Tierischem erwarten kann, ist im Vergleich zu Ihrem Wunschtraum ein zoologischer Tiergarten.

Bei uns jedenfalls.

Es begann damit, dass wir - mein Schatz Sandra und ich - endlich eine eigene Bude auf dem Land fanden. Unsere neue Bleibe ähnelte einem urgemütlichen Hexenhäuschen mit eierlegenden Hühnern, einigen bratfertigen Enten und zwei Katzen. Und das alles zu einer Spottmiete von gerade mal vierhundertachtzig Euro.

Ein wahrlich idyllischer Ort.

Meine Sandra jubelte wie ein übermütiges Honigkuchenpferd, schon immer war es ihr Traum fernab der Großstadt zu leben. Keine überfüllten Straßen, keine Kriminalität und keine nervigen Nachbarn. Unser neues Domizil war noch aus den Zeiten, in denen ein

Hausbau mit Ehrfurcht und Respekt **(Sparsamkeit)** betrieben wurde. Was bedeutet, dass an manchen Stellen das Dach undicht war. Das eine oder andere Fenster brauchte man das ganze Jahr hindurch nicht öffnen und trotzdem fand ein gut arrangierter Sauerstoffaustausch statt.

„Na ja, bei dem Mietpreis", sagte ich zur Sandra, „da darf man ruhig mal ein Auge zudrücken!"

Mit einem anerkennenden Augenaufschlag gab mir mein Schatz zu verstehen, dass ich recht hatte. Mit mehreren Eimern weißer Wandfarbe und Glas und Bodenreiniger schafften wir es, dass unsre zukünftige Bude einen wohnlichen Kuschelcharakter annahm. Mit unseren neuerworbenen Ikea Möbeln und einigen Teppichen war es dann soweit: Wir zogen ein. Die erste Nacht in der eigenen Wohnung! Das sollte uns wie jedem jungen Paar als bleibende Erinnerung im Gedächtnis bleiben.

Glücklich wie Prinz und Prinzessin lagen wir wie frisch Verliebte eng umschlungen in unserem neuen Schlafzimmer. Genauer gesagt, wir testeten ausgiebig und wild unsere Matratze. Nachdem wir unsere erste geile Nummer im neuen Haus erfolgreich hinter uns gebracht hatten, lagen wir uns noch einige Zeit in glückseliger Bewusstlosigkeit in den Armen und träumten wirres Zeug. Doch dann, ohne Vorwarnung und wie aus dem Nichts begann Sandra wie eine wild gewordene Operndiva um sich zu schreien.

„IIIIIiiiiiiiih!"

„Äh", fragte ich, „was ist los mit Dir? Kommt Dein Orgasmus verspätet, also erst dann, wo wir längst fertig sind?"

„**Arsch**", schrie mich mein Schatz an, „sieh doch mal, wir werden beobachtet!"

Ich öffnete meine durch Sex harmonisierten Augen

und tatsächlich, an der überhöhten Bettkante saß eine Kreatur mit vielen Beinen und zwei lebhaften Fühlern und das Biest sah uns beiden beim Vögeln zu. In dem Augenblick, wo ich nach dem Ungeheuer schlagen wollte, bekam das Miststück lange Beine und mit einem Satz verschwand das Biest unter dem Bretterboden.

„Deuml", stammelte Sandra wie Espenlaub zitternd, „was sind das für Tiere?"

„Was weiß ich!", antwortete ich, „lass mich mal im Haus umsehen dann wissen wir vielleicht mehr."

Als ich im Vorzimmer des Schlafzimmers das Licht anmachte, stockte auch mir der Atem. Vor mir tat sich die Hölle auf. Die Bude lebte. Hier wuselten, krabbelten alle erdenklichen Tiere. Ich hatte das Gefühl das alles in diesem Haus ein einziger durchgehender Chitinpanzer sei. Ehrlich! Ein Hort, in dem sich der weltberühmte Zoologe Dr. Brehm wohler als Adam und seine Eva im Paradiesgarten Eden gefühlt hätte. Und die Küche erst! Hier ging im Turbotempo die Post ab. Alles, was in diesem Raum an Essbarem zu Boden fällt, landet in Sekundenschnelle in einem unersättlichen Insektenmagen.

Biologische Müllentsorgung!?!?

Aber wie bekämpft man so eine Schar heimtückischer Monster? Sie mit der Fliegenklatsche verfolgen und plattmachen? Das wird schwierig werden, oder sind Sie schon mal so einem wuseligen Tier hinterhergerannt? Ja? Oh wie nett Dann wurden Sie auch wie ich bestimmt nur Zweiter. Diese Biester sind sportlich und fressen nur das Beste, was eine Küche zu bieten hat. Aus diesem Grund sind sie schneller vom Acker als Sie sie mit Ihren Augen verfolgen können. Wetten! Glaubt mir, die Wette werdet ihr verlieren.

Um mich und Sandra aus der Gewalt dieser Viecher zu befreien, begaben wir uns am nächsten Tag in ein Fachgeschäft, das sich ausschließlich der Vernichtung jener Tiergattungen, die unser Haus bevölkern, verschrien hatte.

Dort angekommen musste ich auch nicht allzu lange suchen. Mit einer unterwürfigen Demutsgeste trat ein grauhaariger Herr - sicher der Besitzer an uns heran.

„Guten Tag die Herrschaften", sprach er uns viel zu freundlich an. Dabei hat der Kerl seine gierigen Schweineaugen auf meine Sandra und deren Oberweite geworfen.

„Na, lassen Sie mich raten, Ihr habt ein Ungezieferproblem

(Hui, wie er das nur so schnell erraten hat, wo wir doch in einem Geschäft stehen, wo ausschließlich mit Insektengiften gehandelt wird)!"

„Sieht man uns das an?", antwortete ich.

„Aber ja doch", bekam ich Antwort, „so traurig wie Sie und die Dame neben Ihnen dreinschauen, gibt es nur zwei Möglichkeiten: Entweder lebt Ihr in Scheidung oder - weil ihr zwei Hübschen vor mir steht, vermute ich - Euch plagen unliebsame Tiere jeder Art. Und? Hab ich recht?"

„Ja", antwortete ich, „unsre Hütte lebt. Und Miete für diese ungeliebten Untermieter zu zahlen wäre ein vernichtender Angriff auf die Hygiene. Also mein Herr, was haben Sie mir zu deren schnellstmöglicher Beseitigung anzubieten?"

„Eine Frage noch", sagte der Besitzer, „ist das Ihre werte Schwester oder seid ihr ein Liebespaar?"

„Ein Liebespaar!", sprach Sandra, „und um gleich zur Sache zu kommen, wir wollen uns mit Ihnen über ungeliebte Tiere unterhalten und Ihre dreisten

Annäherungsversuche können Sie sich auf die Halbglatze schmieren! Verstanden!"

Das hat gesessen!

„Natürlich!", gab der Verkäufer klein bei.

„Also noch mal von vorne! Besitzen die Tierchen einen Panzer oder ein Fell?"

„Panzer", antwortete ich.

„Ich weiß Bescheid", sagte der Ladenbesitzer, „es sind bestimmt Silberfischchen!"

„Sicher", antwortete ich lächelnd, „denn für Goldfischchen fehlt uns eh das Geld."

„Deuml!", rief die Sandra.

„Ja, ja, Schatz, es war natürlich nur ein Witz von mir!"

„Nur noch eine Frage", sagte der Verkäufer, „wie groß sind die Tiere?"

„Na ja", sagte ich, „ich habe sie nicht vermessen, aber laut meinem Augenmaß sind sie ungefähr vier Zentimeter groß!"

„Aha", antwortete der Fachmann, „es sind also keine Silberfischchen! Nach dem, was Sie mir erzählen, handelt es sich um Kakerlaken.

Mein Herr, wenn Sie oder die Frau Gattin das Licht anmachen, seht Ihr beide keineswegs Trugbilder, die vor Eurem Auge munter umher huschen. Nein es sind frivole Kakerlaken, die sich über Ihre Lebensmittel hermachen."

(Die Wissenschaft erzählt uns, dass jene Tierart nur dort lebt, wo heilloses Chaos und Unordnung herrscht. Nicht so bei uns, in unsrer Küche ist es so sauber, da kann man ohne Angst vom Boden wegessen. Obwohl mancher Besucher behauptet, dass am Tisch sowieso kein Platz für einen Teller sei.)

„Und", fragte Sandra, „was kann man gegen dieses

Viehzeug unternehmen?"

„Chemie", bekam sie zur Antwort, „nur mit der Chemiekeule werden Sie das muntere Völkchen der Küchenschaben alias Kakerlaken ein für alle Mal los."

Der Verkäufer führte uns zu einem Regal, das das Gift beheimatet, das jeden Zoo in eine leblose Wüste verwandeln würde.

„Hier", hörten wir den Verkäufer sagen, „mit diesem Zeug schicken Sie selbst die abgehärtetste Kakerlake ins Jenseits."

Um mich als Tierfreund zu outen, sagte ich,

„Hm, mein Herr Sie müssen wissen, dass ich mehr der Alternativtyp bin - der keinem Lebewesen was zuleide tut. Ich wehre mich vehement dagegen, alles Unangenehme mit Chemie zu bekämpfen. Haben Sie nichts im Sortiment, das zu einem humaneren Tod führt?"

„Mein Gott", rief die Sandra, „Du schon wieder! Was bist Du nur für ein Weichei!"

„Na ja", sprach der Verkäufer um der Situation mit Humor auf die Sprünge zu helfen.

„Sie könnten immer noch warten bis die Tierchen an Altersschwäche sterben!"

Ha, ha, Sarkasmus ergib Dich, Du bist von allen Seiten her umzingelt!

„Her damit", sprach Sandra missgelaunt, „ich will den Viechern in ihrem Todeskampf zusehen. Sie sollen allesamt qualvoll leiden."

So viel zur sprichwörtlichen Sensibilität der Frauen. Wie es aussah, musste ich der unsensiblen Methode, einer Kakerlake einen ehrenvollen Tod zu gewähren, dem Vorrang geben. Also doch, es musste Gift sein. Der Verkäufer hielt uns eine Packung Kakerlakengift zum Preis von achtundzwanzig Euro und neunundfünfzig Cent unter die Nase.

„Stolzer Preis", sagte Sandra, die ja als die sparsamere von uns Beiden galt, „geht es auch billiger?"

„Zu teuer?", antwortete der Verkäufer.

„OK! Natürlich haben wir was auf Lager, das auch Ihr Euch leisten könnt, aber der Effekt lässt zuweilen zu wünschen übrig. Denn wenn Ihr Euren Tierchen eine Packung Billiggift hinwerft, kann es passieren, dass es sich das Kakerlakenvolk wie Koks durch die Nase zieht. Dann heißt es high statt tot. Und noch was, zugedröhnte Küchenschaben werden regelrecht geil auf das Zeug, statt jämmerlich zu krepieren, die poppen wie die Weltmeister!"

Hört sich alles recht nett an. Aber man will doch nur eine insektenfreie Bude und, wenn es sich machen lässt, so schnell wie möglich. Der Kerl hat mich und Sandra überzeugt und somit war ich bereit die horrende Summe 28,59 Euro auf den Tisch zu legen.

Mit dem Gift unterm Arm wollten wir das Geschäft verlassen aber eine resolute Stimme zwang uns erneut an den Verkaufstresen.

„Aber halt meine Lieben", rief uns der Verkäufer hinterher, „Kakerlaken im Haus sind das eine, aber Ratten im Keller sind das andere Übel. Glauben Sie nicht auch, dass in Ihrem Keller pelztragende Tiere hausen!"

„Aber ja doch", antwortete ich ihm, „Sie haben recht die eine oder andere Ratte wird's wohl sein."

Auf seine Frage hätte ich besser nicht geantwortet, denn jetzt erlebten wir ein weiteres Mal, dem umfangreichen Wissen eines gewieften Kleintier-Fachmannes zu lauschen.

„Ihr habt Glück, auch gegen Ratten hab ich was", sprach der Händler.

„Hier sehen Sie diese Schnappfallen?"

„Ja", antwortete ich, „sieht mir wie 'ne Guillotine aus. Nicht sehr human, wenn Sie mich fragen!"

„I wo", bekam ich Antwort, „diese possierlichen Tierchen lieben diese Apparatur. Nur mit diesem Gerät bekommen sie noch kurz vorm finalen Genickbruch ein letztes Mal was Leckeres zu essen."

Und da ich bei meinem Schatz Sandra jeden Abend aufs Neue vergebens um ein Abendessen bettelte, fand ich, dass das Angebot des Herrn ein guter Deal sei. Sollen doch wenigstens die Tiere im Keller satt werden. Mein Glück, dass Sandra nicht meine Gedanken lesen konnte, sonst würde das Kakerlakengift in meinem Kaffee landen.

Und so ließen wir uns drei Rattenfallen zum Stückpreis von nur dreiundzwanzig Euro und neunundneunzig Cent aufschwatzen.

„Meinen langschwänzigen Freunden im Keller wird unser Geschenk sicher gefallen."

„Ja genau! Aber was ist mit Mäusen?", sprach der Herr hinter dem Verkaufstresen, „wollen Sie die lieben Nager außer Acht lassen?"

„Mäuse", fragte ich, „haben wir Mäuse?"

„Hilfe!", schrie Sandra ihren berühmten Orgasmusschrei, „ich bekomme eine Gänsehaut. Mein Herr glauben Sie wirklich, dass wir Mäuse haben?"

„Aber ja doch", bekam meine Liebste zur Antwort, „wo Ratten ihr Unwesen treiben, sind ihre kleinen Verwandten nicht allzu fern! Haben Sie eine Katze?"

„Ja! Zwei sogar!", antwortete Sandra.

„Mäuse erledigt man am besten damit", sagte der Verkäufer mit seinem unwiderstehlichen Humor, „wenn man sie zu einem festlichen Dinner einlädt. Nur sollte es sich beim Gastgeber nicht um Sie, sondern um Ihre Katzen handeln. Ehrlich, mit so einem Spielkameraden im Genick freut sich jede Maus!

Das Treffen wird 'ne mordsmäßige Gaudi - besonders für die Maus - abgeben. Andrerseits wäre meiner Meinung nach die bessere Methode, um Mäuse auf die andere Seite zu schubsen, wenn Sie weitere Fallen speziell nur für Mäuse kaufen würden. Das Stück für acht Euro und achtundneunzig Cent."

Sandra roch als Erster den Braten!

„Deuml", sprach sie, „der Kerl will mit unsrer Hilfe seinen bankrotten Laden sanieren. Zuerst Kakerlaken, dann Ratten und zuletzt Mäuse; mal sehen was uns der Kerl noch alles andrehen möchte."

Aber was sollten wir tun? Welche Alternativen hatten wir. Keine! Sich auf zwei räudige Katzen verlassen oder dem gewieften Verkäufer - der ja selbst wie eine Kakerlake aussieht - eine weitere finanzkräftige Transaktion zukommen lassen? Wir entschieden uns für das Letztere. Und so fanden drei weitere Fallen - acht Euro achtundneunzig Cent das Stück ihren Weg in unsre Tasche.

„Nur noch eines", fragte der Eigentümer, „falls in den Kellerräumen so manch Schimmelpilz seinen Stammplatz gefunden hat, solltet Ihr ernsthafte Vorkehrungen zu dessen Beseitigung treffen."

„Ach was", sprach ich, mittlerweile von der Gesamtsituation genervt, „so ein bisschen Schimmel bringt doch keinen um. Sie wollen mir doch nur mein schwer verdientes Geld aus dem Portemonnaie ziehen."

„Auch gut", sagte der Händler.

„mir soll's recht sein. Ist ja Eure Gesundheit! Aber was wird Ihre Dame zu der ungesunden Pilzzucht im Keller sagen?"

Ein weiterer Sieg für den Geldgeier.

„Wie viel?", fragte ich.

„Nur siebenundzwanzig Euro. Aber weil ihr Beiden

so gute Kunden seid, bekommt Ihr das Mittel gegen Schimmel für nur noch fünfundzwanzig Euro!"

Alles im allen legte ich hundertvierunddreißig Euro und fünfzig Cent auf dem Ladentisch.

„Und", fragte ich voller Ungeduld, „was machen wir, wenn Ihr Zeug nichts bewirkt?"

„Dann", antwortete mir der Inhaber in einem unverschämten Smiley-Ton, „hab ich nur noch einen einzigen guten Rat für Euch."

„Welchen?", fragte ich.

Und der Verkäufer antwortete mir:

„Mein Freund, dann tun Sie sich und Ihrer Braut einen Gefallen und ziehen einen schnellstmöglichen Umzug in Erwägung."

7   Stammtischgehabe

Einmal im Monat gehe ich, um mich von meinem stressigen Job zu entspannen, in die Sauna. Es ist eben ein tolles Gefühl, sich von allen Seiten durchkochen zu lassen. Und laut medizinischer Berichte ist es sogar der Gesundheit dienlich, sich dem Höllenfeuer auszusetzen. Außerdem - und das lässt sich nicht leugnen, lässt es sich beim Betrachten hübscher Frauen in ihren Evakostümen umso netter vor sich hinträumen. Obwohl? Ich denke, dass manche Damen auch nach mir schielen. Nun gut, sollen sie doch! Ich bin nicht von neidischer Natur geplagt. Die Hübschen sollen in mir auch mal was Schönes sehen. Es kann nicht gut sein, immer nur auf die kahlköpfigen Langweiler, denen sie vor Jahren auf einem Standesamt das Jawort gaben, zu starren. Logisch! Man isst ja auch nicht jeden Tag fade Gemüsesuppe, so eine gestandene Dame will auch mal Fleisch genießen. Jawohl, mein Fleisch!
Zurück zur Sauna:
Es ist eine unwiderrufliche Tatsache, dass jeder, der sich der wohltuenden Wärme aussetzt, als neuer Mensch hervorgeht. Was dazu führt, dass man diesen lauen Ort nicht nur einmal im Monat, sondern mehrmals aufsucht. Besonders die Junggesellen verweilen gerne hier. Diese ledigen Lausbuben testen anhand damenhafter Anatomiebeobachtungen die Sehstärke ihrer Augen.
(Wer kann es ihnen verdenken!)
Meist herrscht in unserer Runde totale Harmonie. Nur ein einziges Mal sollte uns der Stresspegel in ungeahnte Höhen bringen. Wie das? Der Grund hierfür war eine Gruppe angetrunkener Typen, wahrscheinlich von einem drittklassigen Fußballstamm-

tisch. So richtige Neandertaler auf Konfrontationstrip, wenn Sie mich fragen!

Diese dickbäuchigen Senildumpfbacken vergaßen alle Regeln, die das Saunen in der öffentlichen Sauna vorschreibt. Wahrscheinlich verwechselten die Deppen diesen Ort mit dem Oktoberfest. Wie soll man sich in einem solchen Umfeld von seinem angestauten Stress entledigen? Es begann schon damit, dass die Kerle wie eine Horde wilder Löwen die Saftbar belagerten. Saftbar? Ja! Sie denken sicher, welchen Saft hätten die getrunken, wo sie doch total blau waren. Nun, es gab an dieser besagten Bar auch Bier und Wein, also alles, was das Alkoholikerherz zum Schwingen brachte. Man muss nicht wirklich erwähnen, dass die Burschen kräftig zugelangt hatten. Und so blieb der entschlackende Gemüsesaft für diejenigen übrig, die mit dem saufenden Mob nichts zu tun haben wollten. Sie standen zwar abseits von uns Übrigen, aber....! Nun, was das Aber betrifft, sollte sich dies zu einem heiklen Thema entwickeln. Wie das? Ich sag nur eines, Glücksspiel! Die Kerle begannen zu pokern! Nicht um Geld, oh nein, sie spielten um Cognac, den sie in die Saunaanlage eingeschmuggelt hatten. Bei denen ging es hoch her. Wein, Bier und zuletzt Cognac. Wau, die Burschen waren vielleicht aus hartem Holz geschnitzt!

Richtig ernst wurde die Sache, als wir allesamt in die Sauna gingen. Da der Raum zum Bersten voll mit anständigen und besoffenen Gästen war, mussten wir allesamt enger zusammenrücken. Toll! Gleich neben mir saß einer, der eine Fahne hatte, die einen Jumbo-Jet zum Starten bringen würde. Zehn Minuten neben dem zu sitzen bedeutete für mich mindestens zwei Promille. Ein anderer - schon etwas müde - sang leise Soldatenlieder und wiederum ein

anderer legte seinen Kopf auf die Schulter einer ehrbaren Dame, um ein Nickerchen zu machen. Und der Rest der Bande führte sich auf wie eine aufgescheuchte Pavianhorde, denen man nur eine einzige Banane vorgesetzt hatte. Natürlich bekam derjenige, der sich auf der Dame auszuruhen pflegte, als erster Probleme. Mit einem Fausthieb flog der von der Saunabank. Ich denke mal, dass sich der nicht nur an der Schulter jener rabiaten Dame vergriffen hatte. Und tatsächlich schrie die Dame zu ihrem Gatten:
„Alfred, der Dreckskerl hat mir an die Brust gelangt. Was gedenkst du zu tun?"
„Aba i hob doch ins leere glangd", antwortete der Geschlagene empört, „du hoscht ja ga koan Busen!"
Der Gatte indessen versuchte in dieser verfahrenen Situation seine eigene Haut zu retten. Es waren ihm einfach zu viele schlagkräftige Argumente im Raum. Mutig versteckte er sich hinter dem Rücken seiner Frau; hier konnte er sich unbehelligt dem Saunen widmen seine Gattin kam ihm ja zuvor und hatte für die sofortige Strafexekution gesorgt.
„Jezd werd ma sogar beim schwitzn ghaut", lallte einer aus der Säuferfraktion.
Und schon hob er eine Flasche Bier an seine Lippen. Vom Voll bis zum vollkommenen Leer des eingesogenen Bieres vergingen gerade mal fünf Sekunden. Gäbe es die olympische Disziplin für das Leeren von Bierflaschen, hätte dieser Herr alle Medaillen gewonnen.
„Recht host! Ned amoi in da Sauna hod ma......!", fügte derjenige hinzu, der der Dame an die Brust gefasst hatte. Doch als er die geballte Faust der von ihm betatschten Frau vor seinem Gesicht wedeln sah, wurde ihm bewusst, dass ein Schlag aufs Auge genug sei. Uns, die wir mit dem Saufen nichts im

Sinn hatten, begannen die ekligen Typen immer mehr anzuwidern. Jeder von uns dachte: „Hoffentlich hat der Albtraum bald ein Ende!"

Doch das Ende war noch lange nicht das Ende. Ein Hammer sollte uns noch bevorstehen!

Mitten im Aufgussritual stand einer der Penner auf - er war der besoffenste von allen - und ging schnurstracks durch den Saunaraum, um dann an einem Eck stehen zu bleiben. Und was tut die alte Sau dort? Na was wohl? Er erleichtert sich. Was heißt er erleichtert sich? Die Obersau verwechselte die Sauna mit der Toilette und pisste vor unser aller Augen in den Kübel, in dem sich die Aufgussflüssigkeit befand. Mann, das gab vielleicht einen weithin hörbaren Hurraschrei! Und genau in diesem Augenblick, wo sich eine deftige Saunaschlägerei anzubahnen drohte, schrie einer der Schluckenten den bekannten Bayernspruch:

„Mia san mia! Mia derfen des!"

Und nach diesen sinnreichen Worten sank der Fußballpoet zu Boden und schlief seelenruhig ein. Die Polizei rückte mit mehreren Einsatzwagen an und nahm die Burschen mit aufs Revier. Die angerückte Polizei war mit all ihrer Kraft mit der Festnahme jener Saufbrüder beschäftigt, was natürlich nicht ohne Probleme abgehen sollte. Bevor der letzte Kerl das Saunaareal in Handschellen verließ, reinigte er noch schnell seinen Magen. Wie das? Der Kerl reiherte sich die Seele aus dem Leib. Und wir? Wir wateten mit unseren Badeschlappen angewidert durch die Kotze ins Freie. Dieser unzivilisierte Mob wurde von der Polizei zum Ausruhen in eine kuschelige Ausnüchterungszelle geworfen. Hier konnten die müden Helden in kollektiver Eintracht ihren Atomrausch ausschlafen. Und das Sandmännchen, das man Polizeiwachtmeister nennt, hielt schützend seine Hände über die unartigen Buben. Und wir? Um zu vergessen, unterstrichen wir diesen einen Tag mit roter Farbe und erfreuten uns bei einem neuerlichen Saunaabend.

8 Ein Freudenhaus, das keines war

Ich will ja nicht als sexbesessener Schweinekerl gelten, aber dann und wann quält auch mich das männliche Problem. Welches Problem? Na, das jeden Herrn - ob nun jung oder steinalt - an manchen Tagen und Nächten heimsucht. Der niedere Pöbel von der Straße nennt solch ein triebgesteuertes Anliegen unter vorgehaltener Hand nervöses Lendensausen. Nervös? Nein, die Kerle sind nur geiler als hundert Schiffsratten. Und da ich mich nicht zu denen hinzuzählen möchte, spreche ich von Romantik, Abenteuer und Liebe.

Bezahlter Liebe!

Um das zu finden, was ich dringend suchte, ging ich wohlüberlegt und systematisch vor. Als erstes suchte ich mir einen Ort, wo Damen bereit sind, einen gutaussehenden Herrn wie mich mit allen Finessen, welche die Erotik zu bieten hat, zu bedienen.

Doch ich stelle eine Bedingung! Nur das Feinste sei gut für mich. Nicht so eine schnelle Nummer auf einer verpissten Bahnhofstoilette, wo einem die Filzläuse schon von Weitem entgegenspringen. So ein beglückendes Erlebnis mit einer attraktiven Dame muss schon etwas Besonderes sein.

Beim Umblättern einschlägiger Annoncen der Tageszeitung fand ich für mein Vorhaben eine aussagekräftige Bordellwerbung:

„Hallo ihr müden Helden! Keine Lust? Na dann kommt doch zu uns, wir bringen jeden, der es nötig hat, in Bumslaune! Wir - das sind dreizehn Damen aller Nationalitäten - sind gerne und ohne Kompromisse bereit, Euch mit unserer Kunst feierlich unter die Arme oder anderswo zu greifen. Angst vorm Erwischt werden? Völlig unbegrün-

det. In unserem Etablissement ist Diskretion und Sauberkeit oberstes Gebot. Da kommt auch keine Ehefrau rein, um Euch bei der Arbeit zu stören.

Und an den Wochenenden erst, da geht es in unserer noblen Hütte hoch her. Um Euch in Stimmung zu bringen, feiern wir eine ausschweifende FKK-Party mit einhundert Liter Freibier. Also meine Herren, worauf wartet Ihr?

Unsere Öffnungszeiten sind Dienstag bis Sonntag von zehn Uhr morgens bis drei Uhr früh. Nur am Montag müsst ihr es Euch selber machen, da haben unsere Damen ihren Ruhetag."

Diese Annonce hörte sich vielversprechend an, da würde ich bestimmt das finden, wonach ich so sehnsüchtig suchte. Meine erste Aufgabe bestand darin, erst mal meine Finanzen zu überprüfen. Gut! Geld hab ich genug. Nach dem klärenden Kassensturz hieß es sich rundum aufzubrezeln, um bei den Damen einen netten Eindruck zu hinterlassen. Ein letzter Blick in den Spiegel sagte mir:

„Wau, Deuml, Du siehst verdammt lecker aus!"

Ich ließ mir von der Empfangsdame am Telefon einen Termin für den Nachmittag geben.

Mit dem Fahrrad, das ich mir von einem Freund ausgeliehen hatte, fuhr ich an den Ort, der mich von meinen steif gewordenen Gliedern befreien würde. Gleich am Eingang zu jenem Etablissement überreichte mir die Mutter des Hauses - so eine alte aufgetakelte Schnepfe um die achtzig - ein Glas Prosecco zur Begrüßung. Dabei redete sie mit wohlwollenden Worten auf mich ein.

„Mein Herr, seien Sie in unserem bescheidenen Hause aufs herzlichste willkommen. Bei uns werden selbst geheimste Wünsche wahr. Um Sie mit den Damen, die hier arbeiten, bekannt zu machen, gehen wir rüber an die Bar, dort können Sie erste Kontakte knüpfen."

Die Alte nahm mich am Arm und führte mich zu der besagten Bar, damit ich mir ein Bild machen konnte, was mich auf horizontaler Ebene erwarten würde. So ganz nebenbei lernte ich auch noch den Hausdiener kennen. Ein grobschlächtiger Kerl mit zwei Meter Körpergröße und einem Gewicht von mindestens hundertzwanzig Kilo und das alles ohne ein Gramm Fett am Körper.

„Mit dem", dachte ich mir, „will ich mal keinen Zoff haben."

Aber lassen wir das! Wichtiger ist doch, dass ich für die nächste Stunde eine aufregende Dame finde.

Und das tat ich auch. Eine blonde blauäugige Schönheit zwinkerte mir unverschämt, aber erotisch zu. Das war das untrügliche Zeichen, dass ich das gefunden hatte, was mir vorschwebte.

„Na mein Schatz", sagte sie zu mir, „komm schon, geh'n wir auf mein Zimmer. Dort mache ich Dich matratzentechnisch fix und fertig, wenn Du verstehst was ich meine."

Ich verstand die Worte. Ich begleitete die Dame direkt auf das Zimmer mit der Nummer 19.

Nachdem sich die Tür hinter uns verschlossen hatte, ließ mich das Call-Girl wissen, was mich das Vergnügen, von ihr verwöhnt zu werden, kosten würde. Nicht dass sie mich mit Finanzfragen langweilen wollte, nein, sie zeigte mit dem Zeigefinger an die Tür, und dort hing die Preisliste für die Dienstleistungen, die das Hotel zu bieten hatte:

Französisch 60, Griechisch 100, Missionar 60, mit der Hand 30, Sado-Maso mit Peitsche und Ketten 70. Alles andere wurde mit 40 Euro beaufschlagt. Nur das Selbermachen steht dort kostet nix. Wie es scheint, haben die hier einen erlesenen Humor, der mir sehr gut gefällt.

Und da ich, was das Liebesleben betrifft, recht genügsam bin, entschied ich mich für die gemütliche Variante Missionar. Ich legte der Dame 60 Euro plus 10 Euro Trinkgeld in ihre bezaubernden Hände.

Für die Dame war der Vertrag meinerseits erfüllt. Von nun an war ihr Einsatz gefragt, indem sie sich erst mal ihrer Kleidung entledigte.

Pause!

Alles Weitere, was in dem Zimmer an Aktivitäten ablief, bleibe ich aus Gründen der Diskretion schuldig. Nur eines sei gesagt, der Stunt, den die Dame ablieferte, war der Hammer. So gut habe ich mich seit Langem nicht mehr gefühlt. Nur der Champagner, den wir uns aufs Zimmer liefern ließen, war meines Erachtens gewöhnlicher Essig.

„Scheiß drauf", dachte ich mir, „der is ja eh gratis! Ich will ja nur ein paar Nummern vögeln und mir keinen ansaufen."

Eigentlich kam ich mir bei dieser Prozedur vor, als sei ich ein frisch zusammen gefaltetes Bettlaken, das mit zu viel Weichspüler gewaschen wurde. Mit anderen Worten, es war geradezu phänomenal. Jeder Cent, den die Dame an Liebeslohn verlangte, war es wert. Nachdem ich zwei Nummern erfolgreich hinter mich gebracht und meinen blonden Engel mit einem weiteren Transfer von 60 Euro bezuschusst hatte, war Schluss mit frivoler Rangelei. Mit wackligen Beinen und einem zufriedenen Lächeln verabschiedete ich mich von meiner aufregenden Bettmotte. So fertig, wie ich nach dieser Kür war, wollte ich nur noch nach Hause, um mich von den positiven Strapazen der letzten eineinhalb Stunden zu erholen. Doch ich freute mich zu früh!

Auf dem Weg zum Puffausgang fing mich die Puffmutter samt ihrem Hausdiener vor dem Verlassen des Gebäudes ab.

„Halt!" rief mir die alte Puffotter hinterher, „haben der Herr nicht was vergessen?"

„Was?" antwortete ich.

„Mein Guter, Sie haben vergessen zu bezahlen!"

„Aber nicht doch", sagte ich, „ich habe der Dame 120 Euro plus 10 Euro Trinkgeld für ihre Dienste bezahlt, und mehr war ja laut Preisliste an der Tür nicht nötig."

„Irrtum!" rief die Alte mir zu, „Sie haben nur den Lohn für die Dame bezahlt, aber wie sieht es mit den restlichen Ausgaben aus?"

„Welche Ausgaben?" fragte ich.

„Kondome zum Beispiel!" sprach die alte Qualle.

„Nein, nein!" rief ich, „diese Dinger sind doch wohl im Preis inbegriffen!"

„Ha!" bekam ich zur Antwort, „das hätten Sie wohl gerne! Gäbe ich jedem Gast, der uns besucht, einen Pariser gratis, müssten die Mädels hier ehrenamtlich arbeiten. Aber um zur Sache zu kommen, hier ist die Auflistung all ihrer Ausgaben, die Sie uns verursacht haben. Wie schon erwähnt, wäre da das Kondom, das Stück zu 5 Euro. Des Weiteren erhielten Sie von uns zur Einführung ein Begrüßungsgetränk, das macht dann 20 Euro. Halt! Fast hätte ich den Champagner, den wir Ihnen aufs Zimmer liefern ließen, vergessen, und der kostet 80 Euro."

„80 Euro!" schrie ich sehr erregt, „ich soll achtzig Mücken für euren Essig bezahlen!"

„Essig?" rief die Alte, „dieses edle Tröpfchen ist das Beste, das unser Haus im Sortiment führt. Der kommt direkt aus Frankreich. Noch was! Ich sprach mit Emmi, das ist die Dame, die Sie verwöhnt hat, und sie sprach davon, dass Sie ihr beim Sex die Haare zerwühlt haben. Typisch Mann, im Haare zerwühlen seid ihr Knaben wahre Weltmeister. Jetzt muss die Arme auch noch zum Frisör gehen und das kostet richtig Geld. Also muss ich weitere 50 Euro verlangen. Von dem von Ihnen verursachten Knutschfleck an Emmis Hals mal ganz zu schweigen. Mein Herr, so ein Ding am Hals einer Professionellen kostet 20 Euro. Ich hörte auch, dass Sie ihr unanständig an die Brust gelangt hatten....!"

„Äh?" fragte ich, „seit wann kostet es Zusatzgeld, einem Call-Girl an die Brust zu fassen?"

„Mein Herr, dann hätten Sie besser daran getan, die Preisliste im Zimmer genauer durchzulesen. Das Befummeln einer Brust kostet nun mal 5 Euro."

„Aber wo bleibt die Dienstleistung?" fragte ich.

„Dienstleistung?" fragte mich die alte Schnepfe und sah mich mit riesigen Kulleraugen an, „in unserem Gewerbe sind Dienstleistungen fehl am Platz. Entweder der edle Herr bezahlt seine verursachten Schulden oder unser Hausdiener Franz kümmert sich um das, was Sie großspurig Dienst am Kunden nennen. Und glauben Sie mir, jeder, der in unserem Hause einen Aufstand wagte, wurde von unserem Franz aufs herzlichste bedient. Manche erzählen sogar, sie hätten Glück gehabt und könnten nach Monaten des Fastens wieder feste Nahrung zu sich nehmen. Jetzt wissen Sie Bescheid! Sie haben zwei Nummern mit der smarten Emmi genossen, aber was ist mit der angefangenen? Auch wenn Sie die nicht zu Ende gebracht haben, kostet es wohl die Hälfte, also 30 Euro.

Dann wollen wir mal zusammenrechnen:

80 Euro für Champagner,

30 Euro für eine angefangene Nummer,

20 Euro für den Begrüßungsdrink,
50 Euro für anstehende Frisörbesuche,
20 Euro kostet ein Knutschfleck,
15 Euro für drei Kondome,
und 5 Euro für das Befummeln einer Brust. Das ergibt einen Betrag von genau 300 Euro. Also mein Herr raus mit der Kohle!"

Ich rechnete nach, in meinem Kopf ratterte es wie in einer Registrierkasse.

„Meine Gute", fragte ich, „wie kommen Sie auf 300 Euro? Laut meiner Rechnung muss ich gerade mal 220 blechen, zu Ihrer Rechnung fehlen immer noch 80 Mäuse."

„Oh", sprach die alte Krähe, „nett, wirklich sehr nett, dass Sie mich darauf hinweisen. Ich habe doch tatsächlich die Zimmermiete von 70 Euro vergessen hinzuzuzählen."

„Äh", sprach ich total perplex, „dann sind es 290! Von Ihren 300 fehlen 10 Euro, möchten Sie die als Geschenk für miesen Service, oder wie?"

Die Puffmutter rechnete erneut nach und kam zu dem Entschluss, dass sie im Recht sei.

„Die restlichen 10 Mücken berechne ich Dir **(mittlerweile vergaß die alte Tucke ihre einst so gute Kinderstube und redete mich mit „Du" an)** für das Reinigen des von Dir besudelten Zimmers. So mein Lieber, jetzt geht die Rechnung auf."

Um keine üblen Zahnschmerzen zu bekommen, musste ich 300 Euro plus 120 Euro, die ich der Emmi gab, also zusammen 420 Euro blechen. Und da der Hausdiener nicht leer ausgehen wollte, rundete ich unter Gewaltandrohung auf 450 Euro auf. Ich weiß nicht so recht wie Sie zu meinem Drama stehen, aber ein Freudenhaus stelle ich mir ganz anders vor.

9 Die Stones ohne mich

Dies ist eine wahre Geschichte!

In den 80ern erlebte ich einen grandiosen Jahrhundertsommer! Für einen Abenteurer wie mich sollten diese lauen Monate gerade recht sein. Ehrlich, ich war toll! Mit meinen damaligen Kumpels Rainer und Ralf feierten wir Orgien so arg, dass es die genusssüchtige Gesellschaft der alten Römer weit in den Schatten stellen sollte. Mann, diese Zeit sollte die schönste meines Lebens sein. In den umliegenden Kneipen und Bars waren wir gerngesehene Gäste.
Was nicht verwundern sollte. Denn wir drei waren dafür zuständig, dass der jeweilige Wirt einmal im Jahr zu seinem dreiwöchigen Karibikurlaub kam. Und, wie soll ich sagen, ich finde, dass man diese Wertschätzung gegenüber jenen Herrschaften, die uns mit ihrem Bier beglückten, als pure Nächstenliebe bezeichnen darf. Eigentlich hatten wir drei nie viel Geld in den Taschen, doch wir schafften es immer wieder von Neuem, einige Mark für Bier und Zigaretten **(Für die ganz Jungen: Im letzten Jahrhundert hatte Deutschland die gute alte D-Mark als Währung)** zusammenzukratzen. Der Rainer und ich hatten uns längst daran gewöhnt, dass wir um den fünften des jeweiligen Monats herum wieder auf den Ersten des weiteren Monats warten mussten. Ach ja, der Rainer!
Mein Freund Rainer war und ist heute noch ein begnadeter Musiker und ich bevorzuge meine und jede andere Malerei. Also waren wir beide Künstler, wenn auch mit sehr beschränkten Mitteln. Und der Ralf? Rainers Bruder war derjenige von uns, der das meiste Geld hatte. Nur ging uns unsere katastrophale

Finanzpolitik zur damaliger Zeit weitgehend am Arsch vorbei. Es war halt „in" damals, von der Hand in den Mund zu leben. Und wirkliche Streber waren der Rainer wie auch ich eh nie. Erfolgreich waren wir nur dann, wenn wir einen Arzt von unseren lebensbedrohlichen Krankheiten - wie Durchfall oder eine Erkältung - überzeugen mussten, damit der uns mit einer Arbeitsunfähigkeitsbescheinigung an unsere Firma beglückte. Durch diese Bescheinigungen, die uns zusätzliche Urlaubstage einbrachten, wurden wir die Lieblinge der Firma und vor allem unserer Chefs.

Meist trafen wir uns im Bandübungsraum, in dem Rainer seine Katzenjammermusik auf uns niederprasseln ließ. Und die, die mit Musik nichts am Hut hatten, leerten den Biervorrat für eine ganze Woche. Und nachdem wir von den Zehenspitzen bis rauf zum Haaransatz mit Alkoholika und dergleichen befüllt waren, machten wir uns daran, uns für eine weitere Nacht in unserer Stammdisco fit zu machen.

Das Bauhaus - der angesagteste Aufreißschuppen der Stadt - sollte unser zweiter Wohnsitz werden. Hätte uns Udo, der Wirt, erlaubt, am Eingang seiner Disco unsere Briefkästen anzumontieren, wäre es mit größter Wahrscheinlichkeit unser Hauptwohnsitz geworden. Probleme gab es erst dann, wenn ich am nächsten Tag um neun statt um sieben in der Firma antanzte. Dann stand ein unschöner Anpfiff auf dem Tagesplan.

„Na Herr Deuml", sprach dann mein cholerischer und humorloser Chef in väterlichen Ton zu mir **(Der Rainer war zu diesem Zeitpunkt arbeitslos! Obwohl? Wie ich mich erinnern kann, hat der noch nie gejobbt)**, „hat der edle Herr denn nun ausgeschlafen? Ja? Gut! Oder will er sich bei mir einen

Vorschuss fürs Saufen holen?"

Wie schon erwähnt, mein Chef hatte keinerlei Sinn für Humor!

Zurück zum Bauhaus:

Wir drei Helden hatten an einem Tag wie so oft das Glück auf unserer Seite. Die gesamte Disco wurde von einer Horde Frauen bevölkert. Und eine war hübscher als die andere. Der Rainer bekam bei diesem aparten Anblick Stielaugen. Und ich? Mann, ich doch auch!

Doch das Tollste daran war, dass jeder von uns Dreien das Glück hatte, eine solche Schönheit kennenzulernen. Die meinige hieß Carmen! Und diese Maid war das schönste Girl von allen. Ein richtiger Schmusekuchen!

„Hey Freak", sprach sie mich an, „ich habe Durst. Also wie sieht's aus, gibst du mir einen aus oder soll ich mir einen anderen Kerl aufreißen?"

Ein Gentleman lässt sich nicht zweimal bitten, also erfüllte ich ihr den Wunsch. Ich unterhielt mich sehr angeregt mit meiner Carmen. Wir redeten über Musik, Mode und die Körbchengröße ihres Büstenhalters. Die letzte Frage blieb mir Carmen logischerweise noch schuldig.

„Macht nix", dachte ich mir, „das krieg ich noch früh genug heraus. Aber zuerst mal wird geredet."

„Und", fragte Carmen, „welche Rockband ist dein Favorit?"

„Die Beatles", antwortete ich.

„Ich finde die Rolling Stones besser!", sagte Carmen von meiner Antwort enttäuscht.

Ich selbst fand die Stones auch nicht von schlechten Eltern, aber ich bin nun mal ein eingefleischter Fan der Beatles. Damit würde Carmen eher zum Rainer passen, aber der war mit seiner blonden Eroberung spurlos verschwunden. Wahrscheinlich haben es sich die Beiden auf dem angrenzenden Parkplatz gemütlich gemacht, und wie ich den alten Casanova kenne, erzählt er gerade seiner Liebsten eine nette Gutenachtgeschichte.

„Du hast ja so recht", log ich, ohne dabei rot zu werden, „die Stones sind die Besseren. Aber an zweiter Stelle - und das meine Liebste zählt bis in alle Ewigkeit - kommen die Beatles!"

Ich fand, dass dies als Notlüge zu bewerten war. Was sollte ich sonst tun? Auf die Liebkosungen meiner Carmen verzichten? Nee! Bevor ich diese Dummheit begehe, verrate ich lieber die Beatles! Und außerdem muss mein scheinheiliger Verrat an John, Paul, Ringo und George ja nicht für Ewig gelten!

„Hey Macker", sprach Carmen zu mir, „die Stones gastieren in München und spielen nächsten Samstag in der Olympiahalle. Und weißt du was, ich besitze zwei Eintrittskarten. Eine für mich, und wenn du Lust hast und mir noch ein Paar Drinks ausgibst, die Zweite für dich. Glaub mir, du wirst die Stones nur einmal im Leben spielen hören. Na, was sagst du zu meinem Angebot?"

„Aber klaro", antwortete ich, „ich bin dabei. Hey Udo **(Wirt)**, gib der Carmen alles zu trinken, was sie sich wünscht. Und bitte schreib es an, ich bezahl alles am Ersten."

Mein Angebot nahm meine neue Liebe sehr ernst, und zwei Stunden nach Mitternacht hatte sie zwei Cola-Asbach, ein Dunkles und drei Weißbier. Auch ich sollte nicht zu kurz kommen. Die fünf Biere waren schuld daran, dass in meinem Kopf tausende Schmetterlinge Tango tanzten. Nachdem wir uns in der Disco tanztechnisch ausgetobt hatten, gingen Carmen und ich Hand in Hand zu mir nach Hause.

Dort liebten wir uns die ganze Nacht und den darauffolgenden Tag hindurch. Nur zum Essen unterbrachen wir das horizontale Spiel. Doch irgendwann war Schluss mit der Liebelei. Warum? Die gnadenlose Realität holte uns beide ein. Die Carmen musste zur Arbeit. Zum Abschied sprach sie zu mir:

„Also bis am Samstag um acht Uhr morgens hier bei dir, ich hol dich mit meinem VW-Käfer ab."

Und außerdem sagte sie zu mir:

„Deuml, lass gut sein. Tu dir eine Freude, dreh dich wieder um und schlaf noch 'ne Runde, damit du fit für die Stones bist!"

Dabei lächelte sie mich mit ihren großen Kuhaugen an und verschwand aus meiner Bude. Toll, mein Schatz meinte es gut mit mir! Um der Anordnung Carmens Folge zu leisten, tat ich, was sie aufgetragen hatte. Also drehte ich mich um und schlief weiter bis zum späten Nachmittag. Kein Problem! Ich hatte zu jener Zeit meinen Urlaub. Um mich an den Lärm, den Rockmusiker verbreiten, zu gewöhnen, war ich die ganze Woche hindurch Stammgast in Rainers Übungsraum. Meiner Meinung nach war das trommelfellzerstörende Gejaule, das uns der Rainer vortrug, auch nicht schlimmer als das, was die Stones so produzierten. Und das soll was heißen, denn mich erinnert Rainers musikalisches Manifest an zwei verliebte Katzen, die sich ungeniert dem Liebesspiel hingeben.

Nur mit Unmengen an Bier und Ohrenstöpsel war es mir möglich, die Tage bis zum Samstag zu überstehen.

Die Tage vergingen, und mit einem Mal war es Freitag. Um die Stunden bis zum Treffen meiner Carmen zu überbrücken, gönnten wir uns - der Rainer, Rolf und ich - ein paar klitzekleine Biere. Und da es sich dabei zu einem Mega-Fest entwickelte, vergaß ich alles was ich mir am Samstag vorgenommen hatte.

Samstag: Am späten Vormittag, genauer um elf Uhr erwachte ich in einer mir völlig fremden Bude, erst beim näheren Umsehen bemerkte ich das Malheur.

„Shit", rief ich verzweifelt durch den Raum, „ich habe verschlafen!"

Nach der Carmen zu suchen, war sinnlos, weil ich, wie ich bemerkte, an einem Ort weit weg von der nächsten Zivilisation erwacht war.

Natürlich würde die heutige Jugend den Kopf schütteln und sagen:

„Du hättest doch deine Liebste auf dem Handy anrufen können!"

Ach ja, Ihr Schlauberger, Ihr habt ja so recht!

Mann, zu unserer Zeit gab es kein Teil, das sich Handy nannte. Und wie soll eine telefonische Kommunikation stattfinden, wenn man keine Telefonnummer besitzt? Hätte ich vielleicht indianische Rauchzeichen geben sollen?

Was sollte ich tun, die Chance der Carmen erneut näherzukommen, hab ich mir selbst vermasselt. Jetzt hieß es: „Ein Satz mit X, das war wohl nix."

Ich hab meinen Schatz nie wieder gesehen. Schade!

Aber daran verzweifeln? Nein! Ich hoffe nur das eine, dass es der Carmen weitgehend gut geht.

„Carmen, mein Schatz, es tut mit unendlich leid, dass es damals nichts mit uns geworden ist. Aber so nett wie du bist, wird sich deine Trauer über meinen Verlust in Grenzen halten. Zum Abschied tausend Bussis."

Doch meine größten Skrupel hege ich gegen die Rolling Stones. Denen war ich echt eine Erklärung schuldig:

„Sehr geehrter Herr Mick Jagger und Co,
bitte verzeihen Sie mir meine Unpässlichkeit, indem
ich es versäumt habe, Ihrer Party beigewohnt zu haben. Die Genusssucht hat mir und meiner ehemaligen Freundin Carmen einen Strich durch die Rechnung gemacht. Doch ich hoffe inständigst, dass Sie beim Vortragen Ihres poetischen Liedgutes nicht zu viel Enttäuschung hinnehmen mussten, weil einer - also ich - nicht unter den Zuhörern war. Sehr geehrte Musikanten, mein Fernbleiben darf nicht als Mangel an Respekt an Ihre Kunst bewertet werden. Um es genauer zu sagen, es waren widrige Umstände, die mich zu jenem Tun zwangen. Maestro Jagger, da ich es beim ersten Mal versäumt habe, Ihnen und Ihrer Band zu lauschen, verspreche ich, beim nächsten Mal mehr Gewissenhaftigkeit an den Tag zu legen! Ich kenne das von einem Freund von mir, der ist ebenfalls Musiker. Vielleicht kennen Sie ihn, er heißt Rainer Hage. Auch der zweifelt oft an seinem Talent, besonders dann, wenn er vor leeren Hallen auftreten muss.
Also mein Herr, Sie müssen mir und dem Rest der Welt versprechen, nicht an meinem Versäumnis zu verzweifeln. Um Sie von meinen ehrbaren Absichten zu überzeugen, lege ich meine Telefonnummer bei, und wenn Sie wieder in München Station machen, würde es mich sehr freuen, wenn Sie die 0871/44.....8 anrufen würden.
Hochachtungsvoll
Ihr R. Deuml

10 Das irdische Fegefeuer im Testosteron-geschwängerten Karrieretempel

Und? Gehören auch Sie zu den Personen, die glauben, dass man nur durch knochenbrecherischen Einsatz und noch mehr Fleiß ganz nach oben kommt? Ja! Dann, mein Freund, wandern Sie blind und orientierungslos auf dem Holzweg. Egal in welches Ehrgeizkorsett man Sie gezwängt hat, Sie werden stets hungrig bleiben. Glaubt mir, ich weiß wovon ich rede, denn ich lebe und arbeite in einem solch perversen Umfeld, in dem alle glauben, sie könnten die Welt mit ihren oberklugen Sprüchen retten! Und all diejenigen, die nicht an ihrer Meinung andocken, seien in deren Augen nur unbrauchbare Versager. Wie sollte es anders sein mit ihrer übernatürlichen Wichtigkeit! Sie glauben, dass sie durch ihren unbedingten Einsatz unersetzlich für die Firma wären, aber immer noch viel zu wenig Gehalt für ihr Engagement erhielten. Manche Zeitgenossen behaupten sogar, dass man sie für jene Sklavenarbeit mit einer leeren Scheibe Brot entlohnt. Gerade die Herrn Manager müssen sich beschweren, wo sie doch im Geld baden. So sind sie eben, nur das Geld ist denen wichtig. Um Ihnen zu beweisen, wovon ich rede, ziehe ich ein solches Exemplar aus der Karrieretombola heraus.

Nennen wir den Herrn Fredi B. Dieser talentierte Schleimer besitzt keinerlei Führungsgewalt, aber er scharwenzelt den ganzen Tag um seinen Boss herum und klärt ihn über die Unzulänglichkeiten der Kollegen auf. Auch er wollte es im Leben zu was bringen. Fredi sprach ständig davon, dass die Firma nur von Taugenichtsen umgeben sei.

Man darf anmerken, dass er mit dieser Aussage meistens recht hatte.

Unser Fredi, ein frustrierter Freizeitlandwirt mit dem Streben nach Höherem! Meist war er alleine auf weiter Flur, was zur Folge hatte, dass er sich von allen und sogar von seiner Braut Alma aufs Übelste betrogen fühlte. Halt! Ich muss mich korrigieren! Er fühlte sich nicht nur betrogen, er wurde betrogen! Es muss sehr schlimm für ein gestandenes Mannsbild sein, wenn er am Stammtisch erfährt, dass seine Gattin eine Dreiecksbeziehung mit einem potenten Lover unterhält, dessen Aufgabe nur darin bestand, Fredis Alma in die erotische Glückseligkeit zu schubsen. Und was sagen die Kollegen zu seinem Schicksal? Die liegen strampelnd vor ihm auf dem Boden und bekommen vor lauter Lachen nichts mehr auf die Reihe. Die lieben Kollegen eben!

Was soll's! Fredis Wichtigkeit bestand nicht darin, als fleißigster Mitarbeiter in die Annalen der Firmengeschichte einzugehen, nein, er war dafür zuständig, dass er für einen wahren Judaslohn seine Kollegen an den Boss verkaufte.

Frage:

„Was hat dies mit Karriere zu tun?"

Wohl nichts, möchte man meinen! Doch der Depp gebärdete sich wie damals in der Schule, wo er als Klassenprimus vor den Augen seiner Klassenkameraden die Schultafel reinigen durfte. Eine wahrhaftige Sympathiebezeugung, die nicht jedem zukommen konnte. Diese ehrenvolle Aufgabe wird nur denen zuteil, die sich mit Fleiß und selbstlosem Gehorsam in die Herzen der Klassenlehrerin schleimten. Entlohnung? Ha, allenfalls bekam er ein Sternchen. Und wenn er fleißig die Tafel rauf und runter rubbelte, bekam Fredi, wenn er fünf dieser Sterne besaß, von der Lehrerin ein Heiligenbild. Mit dieser immensen Ansammlung von heiligen Bildchen - verdient am Verrat seiner Klassenkameraden - hätte Fredi nach seiner Schulentlassung sehr leicht einen gewinnbringenden Onlineshop für heilsuchende Glaubensbrüder und -schwestern eröffnen können.

Aber wie funktioniert eigentlich Karriere?

Ganz einfach! Man muss sich nur gewissen Regeln anpassen. Und um es detaillierter auszudrücken, bedeutet es, dass einer - also der Fredi - die Drecksarbeit verrichtet, während fünf oder gar mehrere Intelligenzler um ihn herumstehen und hochgeistige Reden schwingen. Diese Pseudo-Gelehrten fühlen sich als das geistige Potenzial der Firma. Aber was taten sie wirklich, außer dass sie die meiste Zeit am Kaffeeautomaten rumhingen und dabei den Sekretärinnen unzüchtige Witze erzählten? Nichts, Nullkommanichts! Und während sie das tun, ackert sich einer - wieder der Fredi - den Rücken schief. Und obwohl der die meiste Ahnung von der Betriebsmaterie innehatte, blieb der Arme stets am unteren Rand des Lohngefüges stehen.

Ein unterbezahltes Genie fürs Grobe. Jedes Mal, wenn der Chef nach einem geeigneten Mann für unseriöse Arbeiten suchte, riefen die übereifrigen Bürohengste:

„Hey Fredi, antreten, der Chef braucht dich."

Und während Fredi bis zu den Knien in seinem eigenen Schweiß badet und fleißig Hundescheiße von den Gehwegen des Firmengeländes kratzt oder tote Ratten entsorgt, die sich im Keller mit Rattengift den Bauch vollgeschlagen haben, diskutiert die obere Belegschaft darüber, wie sie ihm sein mickriges Gehalt um einige Prozent kürzen könnte. Denn Lohneinsparungen bedeutet, dass mehr Geld für

Schampus und sonstige diverse Luxusartikel zu Ihrer Verfügung steht. Kein einziger Cent von ihren Millionen sollte geopfert werden.

„Wo kämen wir hin", dachten die gutbetuchten Herrn, „wenn wir unsere eignen Ersparnisse dazu benutzen, um uns eine Umgebung zu erschaffen, in der es sich produktiv arbeiten lässt. Dafür ist wohl unser Boss da!"

Es wäre absolut unverschämt von mir, die These aufzustellen, diese Herrn würden gar überhaupt nicht arbeiten. Natürlich arbeiten sie. Einer Beschäftigung geht der Nadelstreifenanzug tragende Mob mit frivoler Leidenschaft nach. Die Zeit zwischen elf und vierzehn Uhr beginnt ihr eigentlicher Arbeitstag.

Zu dieser Zeit belagern diese Krawattenheinis die Firmenkantine und fressen für wenig Geld denjenigen, die eigentlich die Arbeit verrichten, das ganze Futter weg. Und später, nachdem man sich in trauter Eintracht zugerülpst hat, gönnt man sich unter Ausschluss der Öffentlichkeit mit einer Praktikantin ein anregendes Kaffeedinner mit Schampus und reichlich Potenzpillen. Schon so manch neues Erdenkind wurde bei einem zwanglosen Nachmittagsplausch gezeugt. Diese Herren wissen eben instinktiv wie man für sich und die jungen Damen ein gesundes Betriebsklima schafft, in dem es sich produktiv arbeiten lässt. Und wenn man sie wegen dem kleinen Unfall, der nach neun Monaten Reifezeit das Licht erblickt, anspricht, kommt stets dieselbe fadenscheinige Aussage:

„Solange meine Alte zuhause nichts von meinem Bürotechtelmechtel mitkriegt, freut sich der liebe Gott eh über jedes Kind."

Um der Sache Herr zu werden, wird die Alimentenzahlung einfach mit den Spesenabrechnungen abgegolten. Problem? Nee! Kein Problem! So geht das! Wäre aber Fredi der glückliche Vater gewesen, wäre für ihn der Gang zur Arbeitsagentur vorprogrammiert. Man würde den armen Wicht sämtlicher Sicherheiten berauben, und am Ende müsste er sich sein Brot als Pfandflaschensammler verdienen.

Sie sagen, „das sei ungerecht!"

Aber woher denn! Einer wie der Fredi, der seine Kohle mit seinen zwei Händen verdient, hat nicht zu vögeln. Schließlich wird er dafür bezahlt, dass er sich um sämtliche anfallenden Arbeiten zur größtmöglichen Zufriedenheit der oberen Belegschaft bemüht. Und man kann mit Bestimmtheit behaupten, dass er für diverse Spielereien auf horizontaler Ebene sowieso keine Zeit für deren Ausführungen finden würde. Nur den gehobenen Rängen ist es vorbehalten, nette Plauderstündchen mit dem weiblichen Personal zu führen.

Doch leider sollte mit dem Vergnügen auch das Chaos über die jeweilige Firma hereinbrechen. Wieso? Na weil die meisten der Damen wegen dem so tollen Betriebsklima in Mutterschutzprojekten untergebracht wurden. Da blieb den Herrn Managern nur eines übrig, sie mussten ihren Kaffeeplausch mit sich selbst führen. Keine der Damen war dann zugegen, um den Herrn helfend unter die Arme zu greifen. Was sicher zur Gesundung des Firmenkapitals beitrug, denn von jetzt an ging es wieder bergauf mit der ehemals getürkten Spesenrechnung. Dieser zwischenmenschliche Verlust sollte dazu beitragen, dass sich eine gewisse Schwermut durch alle Schichten der Führungsebene breitmachte. Wie sollte bei der Situation das Quantum Lebensfreude Einzug halten? Die armen Manager wussten nicht, wie sie die Zeit bis zum Feierabend totschlagen sollten. Mit Arbeit?

Mein Herr, wollen Sie die Elite beleidigen? Arbeiten, das ist ja wohl die Aufgabe von Fredi. Selbst das Trinken von Schampus und dergleichen brachte nicht den Hurra-Effekt, den die Herrn Manager mit den neckischen Praktikantinnen erleben durften. Allein saufen ist nicht jedermanns Sache. Die Stimmung wechselte vom einstig frivolen Überschwang bis hin zur allgemeinen Depression durch alle Abteilungen. Von nun an begann das gegenseitige Zerfleischen unter den Herrn, die sich berufen fühlten, die Firma mit ihrem innovativen Gedankengut in die Gewinnzone zu leiten. Dabei war es der Verdienst unseres Fredis und einiger Kollegen, die mit ihrem selbstlosen Einsatz die Firma am Laufen hielten.

Um sich die Langeweile vom Leib zu halten, versuchten Manager und Co sich gegenseitig ein Bein zu stellen. Und glaubt mir, bei denen geht es richtig knallhart zur Sache. Da schielt der zweite Prokurist auf den Posten, den der Erste besetzt hält.

Der erstgenannte - also der zweite Prokurist - biedert sich wie ein geölter Affe beim obersten Boss an, indem er seinen Kontrahenten bis ins Mark anschwärzt.

„Chef", hört man solche Schleimer meist sagen, „ich will ja keinen an den Pranger stellen, aber wie mir zu Ohren gekommen ist, hat Herr Soundso schon seit Wochen keinen einzigen Auftrag an Land gezogen. So ein Mann kostet Unsummen Geld für nichts und wieder nichts. Und wenn ich anmerken darf, wenn der Kerl weiterhin so leichtsinnig mit Ihrem Kapital um sich wirft, muss es keinen wundern, dass die Firma unermesslichen Schaden erleidet. Und außerdem, er trinkt jeden Tag Alkohol in rauen Mengen. **(Obwohl? Das taten doch alle.)** Chef, Frage an Sie, so ein Stammtischgebaren auf Ihre Kosten kann doch auf Dauer nicht gut für unsere Firma sein! Oder? Mann, ich würde ein für alle Mal diesem Saustall ein Ende setzen, aber leider sind mir die Hände gebunden, denn ich bin ja nur zweiter Prokurist und somit unterstehe ich der Befehlsgewalt eines unberechenbaren Quartalssäufers."

Natürlich überlegt der Chef, es ist ja sein Betrieb. Und nach reichlichen Abwägen werden die Machtverhältnisse jener Prokuristen vertauscht. Wer früher Erster war, darf sich nun Zweiter nennen. Und wie rächt sich der Verlierer? Der mixt ein hoch wirksames Abführmittel in das Kaffeepulver seines Erzfeindes. Und der wiederum, nachdem er sich auf der Toilette gründlich ausgetobt hat, gräbt das Kriegsbeil aus, indem er die Katze des Chefs in das Büro seines Gegners lässt, damit sich dieses Raubtier um dessen geliebten Goldfisch kümmert.

Die Muschi des Bosses ist ja so einsam, die Arme will doch nur einen netten Kameraden, mit dem sie ausgiebig spielen kann. Und dafür ist ein leckerer Goldfisch genau das richtige Spielzeug.

Aber manchmal geschah bei diesem Treiben ein unvorhergesehenes Unglück. Ohne Vorsatz und Absicht landete das Schuppentier im Maul der Katze, und um nicht daran zu ersticken, tat die Muschi das einzig richtige, sie musste den in ihrem Maul quergestellten Fisch herunterschlucken. Nicht aus Hunger, sondern rein ihrer Gesundheit zuliebe. Natürlich musste das Mistvieh keine Bestrafung fürchten, sie war ja die Katze des Chefs, und somit mit allen Rechten und Attributen einer Chefkatze ausgestattet.

Und selbst der Oberboss blieb vom Chaos nicht verschont. Er bekam einen Anruf von der Polizei, weil sein minderjähriger Balg im Stadtpark beim Kiffen erwischt worden war.

„Na Toll!" war seine Reaktion über sein heillos verzogenes Bubilein, „warum ausgerechnet mir? Mann, wäre ich doch Junggeselle geblieben, dann hätte ich mir diese Schmach ersparen können!"
Doch dies sollte eine ganz andere Geschichte sein! Wir reden einzig nur über das Schlachtfeld auf dem sich gelangweilte Manager gedanklich an die Kehle gehen. Richtig fies wird es erst, wenn sich die Kontrahenten in betrügerischer Absicht in die Pfanne hau'n. Ein wahres Dahinschlachten! Man darf gerne den Vergleich mit einer Horde wilder Raubtiere anführen. Um sich bei seinem Chef als besonders talentiert hervorzutun, schreckt ein gewissenloser Manager selbst vor kriminellen Machenschaften wie dem Stehlen von äußerst wichtigen Dokumenten nicht zurück.
„Ha", dachte der sich, „soll er doch sehen, wie er unserm Häuptling erklärt, in welches durchsichtige Minus-Fass die zwanzig tausend Euro geflossen sind!"
Und so konnte eine hochgestellte Persönlichkeit durch kriminellen Verrat des Diebstahls beschuldigt werden. An eine Abmahnung von Seiten der Geschäftsführung war in diesem Fall nicht zu denken, hier halfen nur noch schlitzohrige Anwälte. Und nachdem die Unschuld des beschuldigten Herrn ans Tageslicht kam, besann der sich auf Rache. Er deponierte im Schreibtisch seines Gegenspielers intime Liebesbriefe an geheimer Stelle, die an die Gattin des Chefs adressiert waren. In diesem Schreiben wurde von zügellosen Sexpartys und Alkoholexzessen - schlimmer als im alten Rom - gesprochen, und von einem Plan, der detailgetreu wiedergibt, wie die Lebensversicherung des millionenschweren Firmeninhabers durch einen kleinen Unfall zur Auszahlung

kommen würde. Und um das Verbrechen beim obersten Chef publik zu machen, bekam der eine anonyme SMS, in der zu lesen war, wo sich das belastende Material befindet. Es entstand ein handfester Skandal, der zur sofortigen Kündigung mit anschließender Anzeige des Verräters führte. Und die ahnungslose Gattin? Sie musste sich bei ihrem Ehemann auf Knien bettelnd verantworten.

(Bitte, verzeihen Sie mir die unfeinen Worte, die Sie gleich lesen werden, es sind nicht die meinigen, sondern die eines betrogenen Ehemanns.)

„Na du alte Schnepfe, hab ich dich in flagranti erwischt!" schrie der angeblich Gehörnte seiner Angetrauten ins Gesicht, als er ihr das belastende Briefmaterial unter ihre Nase hielt, „hast du mir nichts zu beichten? Mit einem neuen Lover und mit meinem Geld ein Leben führen, das sich nur Milliardäre leisten können! Ha, das würde dir freilich guttun. Aber glaub mir, daraus wird nichts werden, diesen Traum kannst du dir ein für alle Mal in die Dauerwelle schmieren. Ich dachte, mich beißt ein Schwein, als ich von deiner Treulosigkeit gelesen habe. Was hast du dir nur dabei gedacht? Ausgerechnet an den Kerl musstest du gelangen, der die wenigsten Aufträge an Land zog. Mehr Verständnis hätte ich bei deinem Seitensprung gehabt, wenn du dich mit Herrn Dr. Schmalfink eingelassen hättest, denn der bringt mir wenigstens das meiste Geld."

Das war zu viel für eine untadelige Ehefrau.

Um sich gegen die Verleumdungen ihres Gatten zu wehren, musste die Ehefrau einen gewieften Anwalt zur Rate ziehen. Nach langem hin und her um Häuser, Grundstücke und sehr viel Geld, das der Dame laut Ehevertrag zustand, landeten beide Parteien vor einem Scheidungsrichter. Nur die quälende Aussicht auf eine millionenschwere Abfindung, die auf ihn zukommen würde ließ den Ehemann aufhorchen. Erst als ihm der Richter prophezeite, was bei einem Devisentransfer von seinem Konto auf das seiner Ehefrau überwechseln würde, ruderte er eiligst zurück. Es sollte nicht allzu rosig für ihn ausgehen, und eine Hiobsbotschaft nach der anderen prasselten auf den einst so selbstsicheren Ehemann herab. Kleinlaut wie ein frisch versohlter Jüngling sprach er zu seiner Gattin:

„Erna mein Schatz, mein Sonnenschein, lass uns unsere Dummheit vergessen, indem wir die Scheidung neu überdenken. Bitte, bitte, verzeih mir meine harschen Worte. Glaub mir, ich liebe dich immer noch wie zu Anfang, als wir uns damals im Park beim Tauben Füttern kennengelernt hatten. Um dir zu zeigen, wie ernst es mir mit meiner Liebe zu dir ist, sollst du die gewünschte Perlenkette samt dem dazugehörigen Brillantring als Entschädigung für meine unhaltbare Beschuldigung erhalten.“

Die Ehefrau überlegte:

„Eine Perlenkette und ein Brillantring? Hm, das ist mir noch zu wenig Buße für den alten Saukerl! Er soll bluten bis ihm das Arschwasser kocht!“

Ihres Sieges bewusst sprach sie zu ihrem Gatten:

„Oh nein mein Herzchen, so billig kommst du mir nicht davon. Aber wenn der edle Herr Gatte zu der Perlenkette und dem Ring noch einen Nerzmantel und die Traumvilla auf Mallorca drauflegt, überlege ich es mir vielleicht. Also? Wie lautet deine Antwort?“

Was sollte er tun, welche Alternativen blieben ihm! Entweder das von seiner Gattin Geforderte annehmen oder den Bankrott der Firma in Kauf nehmen. Natürlich gab der zurechtgestutzte Pantoffel klein bei. Für einen, der in der Defensive verharrt, eine wahrhaft beschissene Situation! Selbst schuld! Seine Opferrolle hatte er einzig und allein den gelangweilten Führungskräften seiner Firma zu verdanken.

Merke: Unterbeschäftigte Geschäftsführer, die auf dick angeschwollenen Eiern herumsitzen, sind zu jeder Schandtat bereit!

Aber was macht der gekündigte Manager, der mit seinem schändlichen Brief fast eine Ehe ruiniert hätte? Ach der! Der lässt es sich auf seiner spanischen Finca gutgehen. Diesen Luxus konnte er sich ungeniert leisten, denn der Widerling bekam beim Ausscheiden der Firma eine saftige Abfindung in Millionenhöhe. Und um sich die Zeit bei Schampus und Kaviar gewinnbringend zu vertreiben, schrieb er so ganz nebenbei einen Bestseller mit dem Titel:

„Mobbing und Burnout unter Führungskräften!"

(Toll! Gerade der muss von Mobbing sprechen!)

In den wirren Köpfen einiger Manager und dergleichen funktioniert Karriere genau so. Ihresgleichen muss man bescheißen, beklauen und beim Chef unwahre Geschichten verbreiten. Nur so angelt man sich die Aufmerksamkeit des Bosses. Ob sich solches Gedankengut für die kommende Generation lohnt? Ich weiß es nicht! Ich denke mal, es ist unter den Herrschaften ein ungeschriebenes Naturgesetz, dass man seine Konkurrenz nur durch unlautere Mitteln aus dem Rennen wirft.

Um die in die Schräglage gekommene Firma wieder in rechte Lot zu rücken, bleibt dem Firmeninhaber meist nur eine Chance, er muss schleunigst einige Damen aus dem Mutterschutz zurückrufen, oder er muss sehen, dass neue Praktikantinnen für die Kaffeepausen in die Firma kommen. Selbst auf die Gefahr hin, dass bei den Spesenabrechnungen erneut beschissenen wird.

Und Fredi der Alleskönner, was macht der? Der bückt sich weiterhin vor seinem Boss und wichst vor uneingeschränkter Ehrfurcht dessen Schuhe. Er weiß ja, dass er spätestens nach zwanzig Jahren treuem und aufopferndem Dienst eine Urkunde mit Goldrand und einen Fresskorb erhält. Und dafür lohnt es sich, sein wertvolles Leben der Firma zu widmen. Und? Der Fredi hat doch recht! Finden Sie nicht auch?

11 Das Rendezvous der blauen Augen

Vor einigen Tagen traf ich meinen alten Busenfreund Franz, hui, und der sah mir nicht gerade blendend aus. Den Armen zierten zwei lila-blaue Augenlider - dieser künstlich herbeigeführte Lidschatten kann nur durch Zuhilfenahme einer gewalttätigen Faust zustande gekommen sein. Zudem war sein Gesicht mit unzähligen Schürfwunden und üblen Kratzern übersät. Und solche Wunden wird man sich nicht beim Rasieren holen.

„Hallo Franz", sprach ich meinen Freund an, „welches Raubtier hat Dich so übel durchgekaut?"

„Deuml", antwortete der mir, „du kannst Dir gar nicht vorstellen, welches Drama ich hinter mir habe."

„Okay", sagte ich, „erzähl schon!"

„Du weißt doch, dass ich schon seit langen scharf auf die wilde Emmi bin."

„Ja", antwortete ich, „und?"

„Vor zwei Wochen", sagte Franz, „war es dann soweit. Meine Liebe hatte mich erhört, nach langem Ringen um ihre Gunst gab mir Emmi zu verstehen, dass ich bei ihr auf mehr hoffen durfte. Aber zuerst verlangte sie, dass ich sie an ihrem freien Wochenende zu einem gepflegten Kennenlerndinner ausführen sollte. So eine Braut weiß eben, was der neuzeitliche Casanova bieten muss, um an die Dessous einer gutaussehenden Frau zu gelangen.

Und nun frage ich Dich mein Freund, wo lässt es sich in unserm langweiligen Kaff besser munden als im „Bräustüberl". In dieser Nobelhütte geht auf der kulinarischen Ebene die Post ab. Nur eines sollte mir bei diesem verzückten Abend mit meinem zukünftigen Schatz einiges an Kopfschmerzen bereiten…."

„Wie das?" fragte ich.

„Deuml", bekam ich zur Antwort, „so ein Abend im Bräustüberl und mit der Emmi im Schlepptau sprengen mein gesamtes Jahresbukett. Das kostet richtig viel Geld! Ausgerechnet ich, der das ganze Jahr keine fünf Euro auf dem Girokonto übrig hat, sollte eine unangenehme Überraschung erleben."

Zuerst dachte ich, dass Freund Franz nicht bezahlen konnte, was er und die Luxus-Tussi Emmi verzehrt hatten. Denn das würde ich dem Franz schon zutrauen, dass er sich mit nur zwanzig Euro in der Tasche und mit der teuersten Braut der Stadt ins Nachtleben stürzt. Um sicher zu gehen fragte ich ihn, ob meine Vermutung der Realität entsprach:

„Konntest Du nicht zahlen?"

„I wo", gab mir Franz zu verstehen, „damit liegst Du völlig falsch! Ich hatte sogar mehr als sonst im Portemonnaie. Damit ich meine Emmi flott ausführen konnte, sagte ich zum ersten Mal meinen Prinzipien ade. Ich musste mich in die widrigen Abgründe begeben, was sich menschenverachtende Arbeit nannte. Ich schuftete wie ein Geisteskranker. Bei meiner Großmutter räumte ich zuerst den Keller und anschließend den Dachboden, und mein Vermieter, der sich daran gewöhnt hatte, dass ich die Miete meist schuldig blieb, half mir finanziell auf die Beine. Bei diesem Geier unterzeichnete ich einen Knebelvertrag, der mich für ein halbes Jahr zum Hausmeisterdienst verpflichtete. Und als dies immer noch nicht langte, lieh ich mir von Emil, dem Wirt unserer Stammkneipe, zweihundert Euro."

„Hey Franz", sagte ich verblüfft, „das war total nett von dem alten Geizhals."

„Ja Deuml", antwortet Franz, „aber dafür darf ich

der geldgierigen Ratte dreihundert Euro zurückzahlen."

Genauso kannte ich den Emil, anders hätte ich es gar nicht erwartet. Der Kerl lässt sich eher ohne Betäubung ein Bein amputieren als das er nur einen einzigen Euro an seine Stammgäste verschwendet.

„Durch diese Sklavenarbeit", sagte Franz, „verdiente ich mir sechshundert Euro. Und das - dachte ich mir - wird doch wohl reichen, um die verwöhnte Emmi auf die Matratze zu hieven."

Franz erzählte mir in allen Einzelheiten, wie toll der Abend verlief, wie gut das Essen schmeckte und vor allem schwärmte er, wie aufregend seine Emmi in ihrem viel zu engen und kurzen Cocktailkleid aussah.

„Na, Dein Dusel möcht ich haben!" sagte ich.

Denn auch ich bin schon seit langem hinter der smarten Emmi her.

„Aber......!" sprach Franz in einem frustrierten Ton zu mir, „wenn Du glaubst, ich hätte ein Happy End erlebt, dann irrst Du Dich gewaltig."

„Wieso?", fragte ich.

„Deuml", sagte er, „die Emmi und ich waren total spitz aufeinander, und um nicht unnötige Zeit zu vergeuden, begaben wir uns klammheimlich in einen für neugierige Spanneraugen versteckten Raum, der sich im Keller des Lokales befand. Dort wollten wir uns ausgiebig der erotischen Erkundungstour mit anschließendem Mehr hingeben."

„Toll!" sagte ich.

Dabei war ich durch und durch von meinem eigenen Neid umzingelt. Ausgerechnet der Loser Franz und nicht ich konnte bei Emmi landen.

„Gerade in dem Augenblick", sagte Franz, „wo ich Emmi aus ihrem einengenden BH befreit hatte, hörten wir ein Geräusch, und das versprach nichts Gutes:"

„Was hat Euch das Amore versaut?" antwortete ich.

„Mein Freund", antwortete Franz, „auch Du wirst verstehen, dass wir zwei Vögelchen für ein paar Minuten unter uns bleiben wollten, und aus diesem Grund ließ ich die schwere Eisentür ins Schloss fallen."

„Na und", sagte ich, „wo liegt das Problem? Ihr hättet nach getaner Arbeit immer noch von innen die Tür öffnen können, um dann still und leise nach oben in den Gastraum zu wandern. Ihr hättet ungestört weiter vögeln können, ohne Gefahr zu laufen, von irgendeinem Voyeur erwischt zu werden."

„Deuml", antwortet Franz, „Du hast ja so recht, aber......"

„Was aber", frage ich neugierig, „red schon!"

„Es war ja nicht nur das Zufallen der Tür, nein, es kam schlimmer! So ein Trottel von Personal - wahrscheinlich ein unverbesserlicher Ordnungsfreak oder sogar der Wirt selbst - machte die Schotten dicht, indem er mit einem Schlüssel die Tür von außen her absperrte. Und da der Wirt jedes dritte Wochenende in einer anderen Stadt dem Golfspiel frönt, wurden wir für zwei ganze Tage und ebenso viele Nächte unfreiwillig zu Gefangenen des Bräustüberls. Unser apartes Lümmel-Versteckspiel zu Ende zu bringen, an das war in dieser Situation nicht mehr zu denken."

„Wieso", sagte ich, „das hätte mich nicht gestört! Ich hätte einfach weitergemacht."

„Du, ja", sprach Franz, „aber kannst Du Dir vorstellen, wie beglückt so eine Tucke wie die Emmi bei unserm Gefängnis sein muss? Wir hatten zwar jede Menge zu Essen und Trinken - es war ja ein Lagerraum, aber da wir nur ein paar Minuten für diesen einen Quickie eingeplant hatten, ließ mein Schatz seine Handtasche am Tisch neben seinem Blouson hängen. Eigentlich nicht schlimm, möchte man meinen, denn wie Du so schön sagtest, hätten wir einfach flott weiter bumsen können, doch für eine nikotinsüchtige Edelbraut, der die Lungenflügel im Duett ein Pfeifkonzert veranstalten, gibt es wohl nichts Schlimmeres, als dass das Feuerzeug samt Zigaretten in der schon erwähnten Tasche oben im Gastraum verblieben ist. Zwei volle Tage, ohne dass der Emmi ihre Lippen an einer Kippe gesaugt hatten. Glaub mir mein Freund, aus der ehemaligen Sanftheit einer frisch verliebten Dame wird bei diesem Verzicht eine mörderische Furie!"

Aha, das war also das Drama von dem Franz sprach jetzt verstand ich, wie der Arme zu seinen unzähligen Blessuren gekommen war.

12 Herr, gib den Dummen ein Zeichen
sonst werden es immer mehr

Ich will nicht gehässig sein, aber an manchen Tagen könnte ich den einen oder anderen Marathon-Redner mit einer inbrünstigen Freude an die Kehle gehen. Wie ich zu dieser für meine Mitbürger ungesunden Meinung komme? Na weil mich diese pseudointellektuellen Wichtigtuer bis auf die Knochen nerven. Doch schlimmer als das Bersten meiner Nerven ist, dass sich dieser Menschenschlag im Irrsinnstempo - also schneller als eine Meute sexuell ausgehungerten Meerschweinchen - vermehren. Egal wo ich mich gerade aufhalte, irgendeiner aus der Talkoholikerliga sucht mich stets in ein nichtssagendes Gespräch zu verwickeln. Manchmal gehe ich, um diesen Zeitgenossen zu entkommen, an den Fluss um zu angeln. Dort suche ich Ruhe, Natur und liebliches Vogelgezwitscher. Und ich denke mir, dass mich hier am stillen Wasser nichts aus meiner Traumwelt herausholen könne.

Ha, zu früh gefreut!

Wenn ich mit der Angelrute meditierend und mit halb offenen Augenlidern am Wasser stehe, kommt bestimmt so ein Nervling daher und fragt den ultimativen Deppenspruch, den alle Angler schon tausende Male gehört haben:

„Na, beißen die Fische?"

Aus meinem intimsten Gedankengut herausgerissen antworte ich den störenden meist:

„Nein, heute nicht! Die Fische haben sicher Zahnschmerzen. Es kann aber auch sein das sie sich von Ihrer Frage gestört fühlen und deshalb das Weite gesucht haben!"

Die Herrschaften mit etwas mehr Hirnmasse unter der Haardecke rümpfen bei meiner Antwort die Nase und machen kehrt, indem sie sich einen weniger mürrischen Angler suchen, um ein weiteres Mal ihr Glück in einer unnützen Unterhaltung zu suchen.

Das ist auch gut so, sonst würde ich aus purem Frust heraus zum gefürchtetem Flussmörder werden.

Anschließend würde ich die Fische mit zerschredderten Dummschwätzern füttern.

Ob die sowas fressen, oder wäre es Tierquälerei?

An jeder Hausecke wartet so einer, der immer noch glaubt, dass Fische beißen! Ich gebe den Naiven einen gut gemeinten Rat:

„Hallo Jungs und Mädels, wenn ihr Euch unbedingt von Fischen beißen lassen wollt, dann fahrt doch ans Meer wo blutrünstige Haie auf Euch warten. Oder fahrt doch einfach nach Südamerika. Im Amazonasbecken gibt es Millionen Piranhas, die sich gerne zur Verfügung stellen um an Menschenfleisch zu knabbern."

Selbst in der Natur suche ich meine wohlverdiente Entspannung vergebens. Mir bleibt nur eine Option, um mich den Fängen meiner lästigen Mitmenschen zu entziehen, meine eigenen vier Wände.

Und, finde ich hier das, was ich so dringend suche?

Nein! Das wäre zu viel der Harmonie. Auch an diesem Ort muss man sich vor allzu aufdringlichen Besucher fürchten.

Sie denken, ich erzähle Ihnen Märchen? Nein tue ich nicht! Lassen Sie mich berichten!

Ich habe so manche Bekannte!?!? - Sportsüchtige Sonnenanbeter, die mich jeden Sonntag aus meinem verdienten Ruhemodus herausklingeln, indem sie Punkt acht Uhr mit ihren lärmenden Bälgern und den kläffenden Kötern auf der Matte stehen. Aber warum tun die das? Na, man will mich partout bei einem Wald- und Wiesen-Spaziergang unbedingt dabeihaben. Und ihre Antwort auf meinem Protest lautet stets:

„Deuml, Du bist ganz blass im Gesicht! Das was Dir fehlt ist frische Luft. Und außerdem scheint die Sonne heute besonders intensiv. Also raus aus dem Bett und rein in dem Jogginganzug!"

Mann, mir ist es egal, was für Wetter vor meiner Haustüre herrscht, wenn ich pennen will, dann penne ich, selbst dann noch, wenn uns unser Schöpfer den letzten Tag unseres irdischen Daseins einläuten sollte.

Erst nach drei Stunden der Diskussion über das schöne Wetter und nach zwei Liter Kaffee geben meine unliebsamen Besucher auf, auf mich einzureden. Mit dem prall gefüllten Picknickkorb, dem Fitnessuhrband am Handgelenk und einer Sonnencreme mit Lichtschutzfaktor, der selbst noch in den Höhen des Himalajagebirges zu schwach wäre, verlassen mich die Störenfriede mit den unsinnigen Worten:

„Deuml, dann verfaul doch in deiner Bruchbude. Wir aber wollen am Leben teilhaben!"

„Toll", denke ich mir, „so fertig, wie die aussehen, beißen sie eh bald ins Gras!"

An manchen Tagen sitze ich in einem gemütlichen Café, und so mancher denkt sich, dass ich nur aus purer Einsamkeit hier alleine herumsitze, und schon gesellt sich dieser in meine Nähe, wenn nicht gar innerhalb meines Dunstkreises. Und keiner fragt, ob es mir passt. Nach einiger Zeit des Musterns ist es dann soweit, der Kerl beginnt mit mir ein Gespräch.

„Na mein Herr was sagen Sie zu dem tollen Wetter?"

Und ich antworte:

„Es kann mir gestohlen bleiben!"

Doch mein unerwünschter Gesprächspartner bleibt hartnäckig und gibt so schnell nicht auf. Das vorherrschende Männerthema besteht zu neunzig Prozent aus der Fußball Bundesliga, hübsche Frauen, schnelle Autos und welche Brauerei das beste Bier braut. Alles Themen, die mir am Arsch vorbeigeh'n.
Und bei der Damenwelt erfahre ich, wie man den besten Schweinebraten oder Apfelkuchen zubereitet. Bei Kuchen habe ich ja noch einiges an Verständnis übrig, solchen esse ich für mein Leben gern, aber wenn die Dame anfängt, mir das Stricken schmackhaft zu machen, brennen mir sämtliche Sicherungen durch.
Meine Lebensfreude beginnt erst, nachdem die unverschämte Sonne mit ihrem gleißenden Licht am Horizont verschwunden ist. Ich bin eben das, was man so treffend Nachteule nennt. Und von wegen der frühe Vogel fängt den Wurm. Ich esse keine Würmer, sondern ernähre mich von Pizza, Spaghetti, und jede Menge Leckereien wie Knödeln und Sauerkraut, die ungemein gut zu einem schmackhaften Schweinderl passen.
Und wie halte ich es mit Sport?
Meine Bewegungsfreude dient nur dazu, frisches Bier aus dem Keller hochzuholen, das ich dann beim Betrachten der Sportschau im Fernseher durch meine Kehle laufen lasse. Halt! Mein linker Daumen hat oftmals mehr als sonst zu tun, schließlich muss eine Fernbedienung immer noch manuell bedient werden.
Doch mein Minus an Bewegung soll mein und nicht Ihr Problem sein.
Reden wir darüber, was das eigentliche Thema dieser Story sein soll.
Unsere Stadt ist bekannt dafür, ein sicherer Hort für alle spießigen Wichtigtuer zu sein, oder ein Tum-

melplatz für alle, die glauben, dass Albert Einstein im Vergleich zu Ihnen nur als zweite Wahl galt.

Am widerlichsten aber finde ich jene Typen, die glauben, ein umfangreiches Politikwissen zu besitzen. Haben sie nicht! Aber wie blutsaugende Flöhe auf einem Straßenhund sind diese Herren stets präsent, wenn es heißt, ihr wirres Gebabbel unter die Menschheit zu bringen. Egal, wo man sich gerade aufhält, aus jedem Loch kriecht so ein Retter unserer Erde oder gar unseres Universums hervor, der einen Masterplan zu deren Rettung parat hält. Um sich Gehör zu verschaffen, ist denen jedes Mittel recht, selbst auf die Gefahr hin, dass man ihnen mit beiden Händen die Luftzufuhr auf null dreht. Sie geben ihr Bestes, um uns alle gutmütigen Seelchen mit ihren wirren Thesen in die Endlos-Langeweile oder auf die Couch eines Psychotherapeuten zu treiben. In dieser Kür ist das Volk der nichtsnutzigen Politik-Terrortypen ein wahrer Weltmeister.

Und die Opfer?

Wenn sich diese nicht entnervt vor einen Zug werfen, bekommen sie zumindest eine irreparable Depression. Nur ein unverschämt teurer Seelenklempner wird sie von ungesunden Selbstmordgedanken befreien.

Intelligenz?

Ha, nicht mal ein Gramm soziales Einfühlungsvermögen können diese nervigen Minus-Helden vorweisen. Von wegen irgendwas vor dem finalen Untergang retten! Außer man braucht welche, um der Überbevölkerung entgegenzutreten, in diesen Fall wäre ein Massensuizid vorprogrammiert. Und so sage ich mir:

„Bin ich denn die heilige Mutter Teresa? So eine Herzensfrau opfert sich gerne und hört sich jeden

Schrott an. Nein, bin ich nicht. Ich mach da nicht mit!"

Selbst dann nicht, wenn man versucht, mich mit allen Mitteln auf ihre Seite zu holen oder gar zu erpressen. So einen Fall erlebte ich mit einer sogenannten besten Freundin: Madame C.

Beste Freundin?

Shit, eine eingebildete Luxus-Tucke ist sie. Wie es zu unserem Zerwürfnis kam?

Pure Ignoranz aus einem Spießermund. Der Bräutigam meiner ehemaligen Freundin, ein verkommener Dauerpromillo, der jeden Morgen nach dem Aufwachen immer noch eineinhalb Promille vorzuweisen hatte, war der Auslöser unseres Disputes. An einem lauen Sommerabend des letzten Jahres saßen wir zu fünft in einer Eisdiele und Rudi - so heißt der Macker, der mit Madame C. liiert ist - bekam einen Redeanfall nach dem anderen. Jeder am Tisch wurde von Schlucki Rudi zum Zuhören kastriert. Und wie üblich bei einem Alkoholiker ließ er nur sinnloses Säufergeschwätz auf uns hernieder prasseln.

Jedes zweite Wort aus seinem Biermaul lautete: „lasset mi ausredn!"

Sein undeutliches Sprechen rührte nicht von einer schlecht sitzenden Zahnprothese her! Nein, einzig und allein ein Meer an Bier war schuld an seinen sprachlichen Aussetzern. Und was taten wir? Wir saßen da und kämpften mit den Augenlidern, damit wir nicht vor lauter Langeweile in einen nimmer endenden Komaschlaf fielen. Jeder am Tisch wartete nur darauf, dass Rudi endgültig einen Punkt unter seine wirren Thesen setzte. Als es mir endlich zu viel wurde, versuchte auch ich was zu sagen:

„Äh, Rudi......."

„Eh", antwortete er mir, „i sagte doch nicht mei

Wort abschneiden!"

„Aber Rudi", sagte ich, „Du redest seit nahezu zwei vollen Stunden. Glaubst Du nicht auch, dass es an der Zeit wäre, uns auch mal was sagen zu lassen?"

„**Nein**", sagte Rudi, und dabei bekam seine rote Nase ein neues Rot hinzu, „solang i rede unterbricht mi keiner. Vastanden!"

Jetzt wurde es mir zu bunt.

„Verdammt", rief ich, „halt endlich Deinen Mund! Auch wir wollen....."

Jetzt mischte sich meine Freundin Madame C. ins Gespräch ein.

„Deuml", sagte sie, „was erlaubst Du Dir! Du denkst wohl, nur Du hast das Sagen. Wenn mein Schatz reden will, soll es unsere wie auch die Deinige Pflicht sein uneingeschränkt zuzuhören! Und wenn es dem edlen Herrn - also Dir - nicht passt, an unsern Tisch zu sitzen, dann verzieh Dich doch!"

Das tat ich auch. Und seit dieser unschönen Unterhaltung habe ich einen Freund weniger.

Bin ich traurig darüber? Nein! Die Beiden sind Geschichte und sollen mir auf ewige Zeiten vom Leibe bleiben. Manchmal denke ich mir:

„Allein zu sein ist kein Fluch, sondern kann ein Segen für solche Charaktere wie mich sein!"

13 Vorsicht! Sensible Mächte machen uns das Leben schwer

Mal ehrlich, vor welchen Ungeheuern fürchten Sie sich? Vor grobschlächtigen Brutalos, die bei der kleinsten Widerrede ihre Fäuste sprechen lassen oder vor Typen mit einem Stimmorgan, das noch weit über die Grenzen ihrer Stadt hinaus zu hören ist?

Da stellt sich doch die Frage, warum diese Kerle ein Telefon besitzen, wo sie doch ein so gewaltiges Stimmorgan ihr Eigen nennen.

Oder fürchten Sie die zartfühlenden Mäuschen, die von sich stets behaupten, die Sensibilität mit der Muttermilch aufgesogen zu haben? Sie haben sich noch nicht für eine Seite entschieden? Gut! Ich werde Ihnen bei der Entscheidung behilflich sein.

Ich selbst mache stets einen großen Bogen um die sogenannten Gutmenschen, die der Volksmund als Sensibelchen benennt. Denn es sind gerade diejenigen Herrschaften, die mit ihrer so proklamierten Güte und ihrem zarten Einfühlungsvermögen so manchen Helden in einem unfairen Kampf zu Fall brachten.

Es ist ja nicht so, dass ich Menschen mit edlem Charakter zugunsten grobschlächtiger Zeitgenossen ins weit entfernte Niemandsland schicke. Nein, ich will mich nur vor denen schützen, die mir mit ihrem Blümchengeschwätz auf den Hoden herumtanzen.

Aber wie komme ich zu jener krassen Behauptung?

Meine Lieben, ich kenne mich in der menschlichen Psyche bestens aus, glaubt mir, ich weiß, wovon ich rede! Denn wie oft habe auch ich mich in meinen Mitmenschen und deren Süßholzgeraspel getäuscht. Und noch viel öfter sehe ich in die Augen irgendeines mit Liebreiz um sich werfenden Teufels. Um

Euch meine Thesen über einnehmende Sensibilität näher zu erläutern, habe ich einige Beispiele parat:

Meine Nachbarin Elli F. hatte sich die ultimative Glückskarte aus der Tombola, in der sich nur Nieten befinden, einen Herrn mit zweifelhaften Leumund herausgeangelt.

Ausgerechnet nach einem malenden Hungerleider, der sich Künstler nennt, hatte die smarte Elli ihre hübschen Fühler ausgestreckt. Rudolfo!

Den hochtrabenden Titel Künstler fand ich bei diesem Herrn äußerst amüsant.

Wie das? Na, weil Rudolfo Marget (eigentlich Rudi Missbacher) total untalentiert war. Wie ich zu dieser schwerwiegenden Behauptung komme? Ich hatte mal vor einiger Zeit das Vergnügen, einige seiner in den Himmel gepriesenen Werke zu bewundern. Und ich darf ohne Vorurteil behaupten, dass sich sein erlauchtes Farbenspiel, das die Leinwand ziert, auf einer vielsagenden Skala von eins bis zehn befand. Die Note eins besagt, dass das Kunstwerk auf einer Müllhalde seinen geeigneten Platz fände, und die Note zehn besagt, dass sich die Ratten auf jener Müllhalde aus purem Frust über das ckclhafte Geschmiere freiwillig eine gehörige Extraportion Rattengift einverleiben. Diese Tierchen ziehen es lieber vor zu sterben, als jeden Tag Rudolfos Kunstwerke zu betrachten. Sogar Ratten haben, auch wenn es niemanden ernsthaft interessiert, ein kleines bisschen Schönheitssinn. Sie haben verstanden? Ja? Gut! So viel also sei zu seiner Kunst zu sagen!

Meines Erachtens ist Rudolfo selbst mit Zuhilfenahme eines Lineals nicht fähig, einen geraden Strich zu ziehen.

Elli war weit und breit das hübscheste, was uns Gott auf die Erde gesandt hatte, und jeder der sie sah, hatte rosa Herzchen vor den Augen, aber ausgerechnet an diesen ausgeflippten Deppen muss sie ihr hübsches Herz verschenken. Leider! Für Elli war es eben Liebe auf den ersten Blick! Für Rudolfo aber war die Liaison mit der bezaubernden und spendablen Elli rein wirtschaftlicher Natur, seine neue Flamme rettete ihn vor dem in Rudolfos Kreisen so gefürchteten Künstlerschicksal.

Ich meine damit, dass der malende Genius, wie viele seiner früh verstorbenen Kollegen auch, sein Essbesteck wegen Mangel an Nahrung abgab.

Spätestens jetzt wird es Manchem dämmern. Genau, die Elli ist nur dazu da, dass der Loser Rudolfo immer genügend Barmittel für diverse Kreativitätsschübe wie Bier, Doppelkorn, edlen Rotwein und eingebendes Haschisch zur Verfügung hatte.

Und wenn die Elli mal nicht als finanzkräftige Melkkuh seinen Bedürfnissen zur Seite steht, bekommt eine andere Dame - wie die Franzi, die genau über mir wohnt - ihre Chance. An jedem Finger seiner verwichsten Hände hat der Widerling eine - oder wollen wir besser sagen dumme - Dame, die es ihm ermöglicht, das Leben eines erfolglosen Bohemiens zu führen.

Und was das bedeutet, erklären Euch die Kunstepochen von den ersten Malern, die als Neandertaler die Höhlenwände mit Mammutkacke bemalt haben, bis hin zu unserer Zeit. Entweder die ehrenwerten Herrn Genies suchen sich eine gutaussehende Mäzenin oder sie werden schon in jungen Jahren Futter für die Würmer. Und diese Viecher dürfen sich freuen, denn ohne die Herrn Künstler, die ja allesamt am Hungertod gestorben sind, würde sich der Cholesterinspiegel im Normalbereich einpendeln.

Aber wie bringt es so ein Taugenichts wie unser Rudolfo immer fertig, dass ihm die Frauen in Scharen zu Füßen liegen?

Das Zauberwort lautet Sensibilität!

Auch wenn er zum Malen keinerlei Talent hat, so ist er doch durch und durch ein Fachmann, der sich in der verworrenen Psyche der Frauenwelt bestens auskennt.

Er weiß genau, wie er die Grazien zu seinem Nutzen beeinflusst. Er spielt den verständnisvollen und einfühlsamen Frauenversteher. Und die dummen Gänse glauben tatsächlich, Rudolfo würde sie lieben. Eigentlich tut er das auch. Jede Einzelne, von der er Geld erhält, kann sich seiner teuer erkauften Zuneigung gewiss sein.

Und wenn eine Dame einen berechtigten Verdacht hegt, lässt unser Rudolfo eine bestens einstudierte Charmeattacke auf die Zweifelnde niederprasseln.

Das wirkt immer! Jede einzelne Dame mit dem unsichtbaren „NIMM MICH AUS"-Emblem, auf der Stirn arbeitet sich den Rücken krumm, nur um ein Paar nette Liebesfloskeln zu erhaschen. Schade, wirklich schade, zu gerne hätte ich Rudolfos Talent.

Das ist nur ein Beispiel von gelogener Sensibilität. War's das? Nein, da kommt noch mehr.

Es kommt zu manchen Zeiten vor, dass den alleinstehenden Herrn eine - sagen wir mal - Leidenschaft unterhalb der Gürtellinie quält, die man für gewöhnlich zu zweit - also zwischen Mann und Frau - auszuleben pflegt. Es geht auch zwischen Mann und Mann oder Frau und Frau, aber bleiben wir bei der klassischen Methode des Liebesaktes. Um sich keinen irreparablen Tennisarm einzuhandeln, muss der sinnliche Mann von heute ein paar Euro für eine befreiende Wohltat in eine Dame investieren, die ihr Auskommen mit unzüchtigen Leibesübungen verdient. Für diejenigen, die nicht wissen, um welche Art Damen es sich dabei handelt, gebe ich den Unwissenden einen kleinen Schubs in die richtige Richtung:

Diese Damen, deren Preis jeder Junggeselle kennt, gehen beruflich auf dem Strich entlang. Hat es jetzt im Hirn geklingelt? Ja? Gut!

Also, wenn Sie so eine Dame mit einem betörenden Gestöhne beglücken sollte, sollten erste Zweifel, ob es sich dabei nicht um gespielte Schauspielkunst handelt, in den Sinn kommen. So eine geldgierige Tucke gibt den Kunden nur das verlogene Gefühl, im Bett ein toller Hecht zu sein. Sind Sie aber nicht! Mehr noch, Sie sind sogar ein miserabler Liebhaber! Wie das? Na sonst müssten Sie nicht die Dienste einer professionellen Dame in Anspruch nehmen.

So eine Bettmotte lügt Ihnen, wenn es die Situation der Barmittel verlangt, sogar das Blaue vom Himmel herunter.

Meist sieht die Realität so aus, dass das Luder beim Bumsgeschäft nur daran denkt, wie sie am besten das Geld aus ihrem Kunden heraussaugen kann, das sie dann gewinnbringend auf die hohe Kante legen kann. Das Gestöhne, das Ihnen diese Dame gekonnt ins Ohr jault, ist ein perfekt inszenierter Businessorgasmus. Manchem Herrn genügt es, von einer Bordellbiene, die einen Höhepunkt simuliert, abgezockt zu werden, jene Herrschaften aber, denen es nach Ehrlichkeit dürstet, werden sehr schnell merken, dass sie von einer Professionellen über den Tisch gezogen wurden. Naive Zeitgenossen oder keusche Klosterbrüder werden sich fragen:

„Warum tut die Dame das?"

Warum wohl! Kann es sein, dass mancher von Euch seit seiner Geburt auf einer einsamen Insel gelebt hat und nun zum ersten Mal mit einer Frau intim geworden ist? Hey, Jungs, die Alte will nur eines, Ihr - also diejenigen die bereitwillig für den Bums zahlen - sollt einige 10er mehr für das lauwarme Gejohle lockermachen. Und eine Freischaffende, die es versteht, Euch an der sozialen Gesinnung zu packen, indem sie weinend vor Euch hockt und von hungernden Kindern und einer todkranken Mutter spricht, deren Medikamente ins Uferlose abdriften, wird sich an der Solidarität der weinenden Kundenschaft eine goldene Nase verdienen.

So manch gewiefte Horizontalmaus ervögelte sich in ihrem Business mehrere Häuser in bester Lage. Und ihre ehemaligen Freier? Die armen gebeutelten Narren leben als zahnlose Almosenempfänger in einem drittklassigen Pflegeheim und träumen von früher, als sie noch von der bezahlbaren Frauenwelt begehrt wurden. Wären die Burschen nicht gar so leichtgläubig an das Puffgeschehen herangegangen, wäre ihnen das Drama ihres jetzigen Wohnortes??? erspart geblieben.

Jeder kann es leicht errechnen, was so eine fleißige Bettmilbe an einem Tag ins Portemonnaie steckt. So manche Dame erlebte in ihrer rhythmischen Bewegung einen regelrechten Kultstatus, man nenne nur Josefine Mutzenbacher oder das flotte Bienchen Fanny Hill. Diesen Damen wurde sogar in Form von unzüchtigen Filmen über deren umfangreiches Berufsleben ein Denkmal gesetzt. Und dieser kulturelle Schatz hat bei jedem Single einen festen Platz in seiner Pornosammlung.

Meist oder gar nur Männer aus der Schicht der Alleinstehenden bevorzugen diese appetitliche Filmkunst, die sie der weiblichen Anatomie näherbringen soll.

Doch eines sei gesagt, ein Orgasmus in einem Hurenbett ähnelt einer Seifenblase, die sofort zerplatzt, wenn der Kunde mit seinem Geschiebe fertig ist. Glaubt mir, die Tucken werden erst dann feucht, wenn sie ein dickes Bündel Geld in den Händen halten.

Gutmütige Seelen haben laut eines psychologischen Gutachtens stets die berühmt berüchtigte Arschkarte gezogen. Dieser Menschenschlag sind die Beutelratten, denen man zu jeder Zeit das Fell über die Ohren ziehen kann.

Jetzt werden bestimmte Gruppierungen gcncrvt bemerken:

„Immer sollen nur die Frauen die Bösen sein!"

Nein! Ich wehre mich vehement dagegen, als Frauenfeind dazustehen. Aber im Prostitutionsgewerbe gibt es nur eine einzige Moral für die hier arbeitenden Damen und die lautet:

„Je mehr ich mir auf der Matratze einen abwerkle, umso mehr freut sich das Sparschwein."

Aber um die emanzipationskritischen Herrschaften in ihrem Protest zu beruhigen, sage ich:

„Auch Männer können böswilliger sein, als der leibhaftige Satan es je sein könnte."

Allen voran benenne ich unsere Brötchengeber als die wahren Sadisten. Wie das? Diese Herren haben die staatliche Erlaubnis, uns als Personal und das wenige Fleisch, das wir unseren Körper nennen, auf gemeinste Art zu quälen.

Diese widerwärtigen Kerle zwingen uns tatsächlich, für sie zu arbeiten. Und wenn der Boss diese Worte spricht:

„Meine lieben Freunde, Ihr seid die besten! Wie würden ich und die Firma ohne Euch in diesen harten Zeiten überleben?", dann werdet ihr beschissen!

Diese mit Blümchen umrandeten Worte sollten Euch zu denken geben. Pure Lüge.

Was will der Boss wirklich? Na was wohl? Er will Euer Geld. Denn nach dieser feierlichen Ansprache dürft ihr sicher sein, dass für die nächste Zeit unzählige Gratis-Überstunden abverlangt werden. Und des Weiteren könnt ihr das Weihnachtsgeld für dieses und das nächste Jahr in den Wind schreiben. Und was tut ihr? Ihr steht wie frisch geschorene Schafe vor eurem Boss und lauscht andächtig seinen Reden. Und wenn einer glaubt, es kann nicht mehr schlimmer kommen, der irrt sich gewaltig. Was heißt schlimmer? Was kann es Schlimmeres als die Wegnahme einer Lebensgrundlage geben?

Schleimer, die selbst dann noch frenetisch applaudieren, wenn ihnen der Boss das wohlverdiente Weihnachtsgeld entzieht! All dies mit dem Argument, dass es mit der Firma stetig abwärtsgeht, obwohl die Auftragsbücher überquellen. Aber um seine gehorsamen Schützlinge weiterhin bei Schaffenslaune zu halten, schmiert der elende Geldgeier seinen Untergebenen weiter gehörig Honig ums Maul.

„Ich bin stolz auf Euch! Bla,bla,bla...!"

Ein paar aufmunternde Komplimente an richtiger Stelle lässt das Bankkonto des Chefs „Hurra" schreien, und kosten tut so ein bisschen Gesülze eh nichts! Da kann der Kerl ruhig mal aus dem Vollen schöpfen.

Und ein weiteres Mal macht sich die Mannschaft fröhlich und frohen Mutes - aber mit der Aussicht, dass das Weihnachtsgeld weiterhin auf dem Konto des Bosses verweilen wird - ans Werk.

Eine Solidargemeinschaft, deren Streben nur darin besteht, dass der liebe Boss nicht auch noch - wie sie selbst - am Hungertuche nagen muss. Dabei gönnt sich der Kerl mit seiner Alten jedes Jahr einen Entspannungsurlaub von mindestens einer Woche im schönen Schwarzwald und sechs Wochen mit seiner Geliebten, dem Fräulein Julia aus dem Sekretariat, auf einer einsamen Insel in der Karibik. Erst dort verliert der arme Wicht doch tatsächlich die Hälfte seines Gewichtes, nicht, weil er hungern muss, nein, der viele Sex lässt die Pfunde nur so dahinschmelzen.

Na ja, die blutjungen Mädels haben es eben in sich.
Und was machen seine arbeitssüchtigen Ameisen in der Firma - ja, damit meine ich Euch. Ihr könnt Euch nicht mal ein Ticket für den Stadtbus leisten.
Woher ich das alles weiß? Erlebte Erfahrung!
Auch ich wurde schon mal Opfer so eines feinfühligen Angriffs. Lassen Sie mich erzählen:
An einem verregneten Samstag ging ich, um mich etwas von meinem langweiligen Alltag abzulenken, in meine Stammkneipe, wo der Wirt Franz dem, der es nötig hat, sein Ohr leiht. Und wie ich so am Tresen saß und im Fernseher gelangweilt ein Bundesligaspiel verfolgte, ging unverhofft die Tür zum Gastraum auf und eine aufregende Dame mit hüftlangem blonden Haar und Endlosbeinen trat ein. Nach einem wohlwollenden Mustern dachte ich mir: „Wau, bei diesem adretten Geschöpf haben sich die Eltern wirklich größte Mühe zu ihrem Gelingen gegeben!"
Um mir eine weitere Freude zu bereiten, setzte sich der blonde Engel zu mir an die Bar. Nur noch ein Barhocker war zwischen ihr und mir. Ich kannte solche Situationen, ich wusste instinktiv, dass diese Barriere zwischen uns nicht von langer Dauer sein würde. Um das Eis brechen zu lassen, wagte ich mit der freundlichen Geste eines liebreizenden Lächelns

den ersten Schritt. Und tatsächlich wurde mein Gruß ebenso freundlich erwidert.

„Ist dem werten Fräulein das Wetter heute auch zu nass?", fragte ich scheinheilig.

„Aber nicht doch!" bekam ich zur Antwort, „das Wetter ist mir scheißegal! Ich habe nur das Verlangen, mich an diesem verbockten Wochenende bis zum finalen Absturz zu besaufen!"

„Äh?", fragte ich nach, „besaufen? Wieso?"

„Ach", sprach das Mädel in einem frustgeladenen Unterton zu mir, „das Leben kann ja so gemein zu einer gutmütigen Seele sein!"

„Aber, aber", sagte ich, um die Situation zu entschärfen, „was in Gottes Namen kann so grausam sein, dass so eine hübsche Dame wie Sie so am Leben hadert?"

„Mein Verlobter! Der ist schuld an meiner miesen Laune!" antwortete sie mir, „die alte Sau hat mir heute Vormittag den Laufpass erteilt. Ausgerechnet mir, wo ich alles tat, damit es dem edlen Herrn an nichts fehlte. Der Dreckskerl lässt mich wegen einer echt verkommenen Schlampe sitzen. Ich wünsche dem alten Hurenbock, dass er an der Ruhr zugrunde geht!"

„Aha", dachte ich mir im Geheimen, „die Kleine hat Liebeskummer!"

Dies war das Zeichen, dass ich mich als zuhörenden Galan anbieten durfte, was von der Dame gerne angenommen wurde. Ich ließ mir von ihr ihre gesamte Lebensgeschichte, angefangen von der Schulzeit bis zu dem Tag, an dem wir uns kennengelernt hatten, erzählen. Im Zuhören spiele ich, wenn es um schöne Damen geht, in der Oberklasse. Mit gut einstudierter Anteilnahme gab ich der Maid zu verstehen, dass mir ihr Anliegen sehr wichtig erscheint. Mehr noch, ich animierte sie sogar, mir alles was sie bedrückt zu erzählen. Das war natürlich purer Eigennutz, denn eigentlich wollte ich nur eine nette Unterhaltung mit einer schönen Frau führen.

Wer weiß, vielleicht würde sich ein romantisches Techtelmechtel daraus ergeben. Und dafür war ich gerne bereit, mir mehrere Stunden ihren Liebesschmerz anzuhören. Und ich sollte, was meine Hoffnung betraf, recht behalten.

Nach drei Stunden und zwei Flaschen Wein später - den ich bezahlte - war es dann soweit.

Mein Schatz - wir duzten uns mittlerweile - sagte zu mir in einem Ton, der keinerlei Sensibilität von ihrem zartfühlenden Wesen her vermissen ließ:

„Deumlchen, sei ein Kavalier, mein Ex hat mir den Wohnungsschlüssel geklaut, ich weiß nicht, wo ich heute Nacht schlafen soll! Sag mir, was soll ich nur tun?"

„Kein Problem", antwortete ich, „fürs Erste darfst Du bei mir pennen! Vorausgesetzt, du siehst über mein Chaos, das sich meine Wohnung nennt, mit beiden Augen hinweg."

„Klaro", antwortete sie, „ich bin ja auch kein Kind von penibler Sauberkeit!"

Und noch was sagte sie mir im Flüsterton ins Ohr. Durch den Wein beflügelt versprach sie mir eine rauschende Liebesnacht vom Feinsten. Hand in Hand marschierten wir wie zwei Verliebte in Richtung meiner Bude. Dort sollte die Orgie mit Wein und Co. ihren weiteren Verlauf nehmen. Die Alte hatte mir eine rauschende Erotiknacht versprochen.

Rauschend? Ja, das kommt hin, da sollte die Tucke recht behalten!

Denn ich muss zu meinem Leidwesen gestehen, dass wir zwei Hübschen insgesamt fünf Flaschen Rotwein an unsren Lebern vorbeifließen ließen, was zu einem durchgehenden Filmriss führte.

Ich fürchte, dass an Sex auf Grund des immensen Weinkonsums wohl nicht mehr zu denken war. Denk ich mal! Oder vielleicht habe ich doch was Aufregendes mit der Dame angestellt. Nur ich weiß es nicht! Ich kann mich überhaupt nicht mehr an alle Einzelheiten, was an diesem verkorksten Abend geschehen ist, erinnern. Und somit war die angestrebte Sexparty in wahrsten Sinne für die Katz. Eine zerplatzte Seifenblase eben!

Doch an eines kann ich mich sehr wohl erinnern!

Zum Abschied sollte sich meine Eroberung unsterblich in meine Geldbörse, mein sündhaft teures Smartphone und die goldene Armbanduhr verlieben. Shit!

Die verkommene Kröte nahm alles, was ihr liebenswert erschien und sich zu Geld machen lässt, einfach mit. Wäre es ihr möglich gewesen, auch noch die Möbel und diverse Elektroteile zu mopsen, wäre ich am Morgen darauf sicher in einer komplett leeren Bude wach geworden.

Lustig, nicht wahr!

Ha, damals ist mir das Lachen sehr schnell vergangen. Und von ihrem ehemaligen Verlobten behauptete das alte Weinfass, er sei mit einer echten Schlampe durchgebrannt. Da frag ich mich, wer da als Schlampe wohl eher Karriere gemacht hätte?

Soviel zur Sensibilität!

Jetzt versteht Ihr, warum ich Euch davor warne, Leuten zu glauben, die Euch mit ihrem schmalzigen Gesülze voll labern.

Diese selbst ernannten Menschenfreunde haben nur eines im Sinn, Euch und den Rest der Welt von ihrer edlen Gesinnung?!? zu überzeugen. Purer Egoismus, der nur dazu dient, den Schwätzer als wichtige Person darzustellen.

Und noch was geb ich Euch mit auf Euren weiteren Lebensweg! Falls Ihr an einem verregneten Samstag ihn einer Bar auf Erlösung Eurer Einsamkeit hofft, dann seid bitte sehr vorsichtig, wenn sich die Tür zum Gastraum öffnet und eine aufregend bezaubernde Blondine mit traurigem Gesicht die Kneipe betritt. Dann solltet ihr alles Bewegliche festnageln, das sich unerlaubt ins nächstgelegene Pfandhaus transportieren lässt.

14 Frühlingserwachen im Karnickelstall

Was tut uns allen nach einem strengen Winter gut? Sonnenlicht, würde ich antworten, das durch einen Frühlingshimmel scheint. Den Duft von frisch erblühten Wiesen einatmen und nebenbei so manch unkeusche Gedanken hegen. Dabei spielt es keinerlei Rolle, ob es sich um Menschen handelt, auch in der Tierwelt liebt man es, vom Lenz mit seinem wärmenden Licht liebkost zu werden. Allen voran sind es die Nager, denen es nach erotischer Zweisamkeit dürstet, um uns dann mit ihrem millionenfachen Nachwuchs zu erfreuen. Bestimmt freut sich jeder tierliebende Hausbesitzer, wenn die zum Haus gehörende Kellerratte eine fruchtende Liaison mit ihrem Liebsten hatte. Aber besonders beglückt sind unsere Herrn Kleingärtner, die sich tagaus tagein mit sämtlichem Ungeziefer herumärgern müssen. Sie lassen regelrechte Jubelschreie erklingen, wenn sich zwei verliebte Wühlmäuse zu einem romantischen Stelldichein treffen. Und außerdem, wo käme das zukünftige Katzenfutter her, wenn nicht durch ungezügeltes Treiben innerhalb der Nager-Liga. Nur durch einen ungehemmten Sexualtrieb unter Maus, Ratte und Co. wird eine verlauste Katze immer fetter.
Glaubt Ihr nicht? Na dann gebt doch Eurer Katze eine lebende Maus als Spielkameraden. Die Muschi wird unendlich viel Freude am Spiel **„Fang mich doch"** haben. Nur das Mäuslein wird sich so ganz eigene Gedanken über den Spieltrieb einer lebhaften Katze machen. Meist übernimmt sie den unglücklicheren Part des Spieles. Na ja, diesen Tierchen fehlt es eben am spielerischen Optimismus.
Doch meine Geschichte handelt nicht von hungrigen

Katzen und deren schmackhaften Spielzeug. Nein, ich möchte von Hasen, die in einem Stall leben, berichten. Eigentlich um einen schwer arbeitenden Karnickelmann namens Adolf.

Adolf, ein stattlicher Rammler war der Stolz jedes Kaninchenzüchters.

Ein richtiger Prachtkerl. Er bereitete seinem Besitzer und dessen Ehefrau größtmögliche Freuden, indem er als Vater von nahezu dreihundert Karnickelkinder seine Gene zu deren hervorragendem Gelingen beisteuerte.

Und jedes einzelne seiner zahlreichen Kinder landete als leckeres Sonntagsmahl mit Speckknödeln und Blaukraut auf dem Tisch seiner gefräßigen Besitzer.

Traurig? Nein! Hasen sind es seit ewigen Zeiten her gewohnt, von der menschlichen Rasse innig geliebt und bis auf die Knochen abgenagt zu werden.

Adolf, der Oberrammler, war ein wahrer Meister darin wenn es hieß **„Adolf, auf geht's wir brauchen neue Hasen, die alten sind aufgegessen"**!

Aber wie so oft im Leben eines vielbeschäftigten Casanovas - egal, ob nun Mensch oder Tier - schlägt das Alter bei den ehemals so talentierten Liebhabern gnadenlos zu. Selbst ein Superstar im Hasenstall muss sich damit abfinden, einer nächsten Generation Hasenmännern den endgültigen Vortritt zu lassen.

Und diesmal war Adolf derjenige, dessen Lenden begannen zu schwächeln. Seine ehemals so gekonnten Aufhüpfer bei den Häsinnen wurden immer seltener.

Und wenn es doch mal zu einem sexuellen Finale kam, sah die Sache meist so aus:

Eins, zwei, drei, Fertig!

Früher hatte unser Adolf schon bei zwei und nicht erst bei drei das Liebesspiel erfolgreich beendet. Ja früher! Heute musste er nach jedem Sex mindestens eine Stunde pausieren bevor es mit dem Babymachen weitergehen konnte.

Viel zu lange!

Seine Besitzer fraßen mehr seiner Kinder auf, als er in seinem Alter produzieren konnte. Die Damen im Hasenstall mussten immer längere Zeiten in Kauf nehmen, damit er sich von den Strapazen, die man von einem potenten Hasen verlangt, erholen konnte. Und außerdem wurde Adolf wegen der vielen Sexpausen immer fetter. Er wunderte sich jedes Mal, warum die Gattin seines Besitzers jeden Tag seinem Bauch ausgiebig kraulte. Um ihm einiges an Zärtlichkeiten zukommen zu lassen? Nein, die Hausfrau tat es, um zu sehen, wann Adolf sein endgültiges Gewicht erreicht hatte. Und was macht man mit einem Hasen, der nicht mehr kann? Genau! So einer stirbt nicht an Altersschwäche, das wäre pure Verschwendung schmackhaften Hasenfleisches! So einer endet wie seine Kinder in einem vorgeheizten Backrohr mit Unter- und Oberhitze.

„Franz", sprach die Hausfrau zu ihrem Gatten, „mit dem Adolf geht's dahin. Der wird seinen Pflichten gegenüber seinen Damen nicht mehr gerecht. Und ein impotenter Hase taugt nur noch zu einem leckeren Hasenrücken! Also, Du weißt, was am Sonntag auf dem Tisch kommt! Genau! Diesmal ist unser Adolf dran!"

„Du hast recht", antwortete der Gatte, „der Lauser frisst mittlerweile mehr Karotten, als dass er sich ums Karnickel Machen kümmert."

Sein Hinrichtungstermin stand also fest, das Unvermeidbare sollte am Sonntagvormittag stattfinden. Also hatte Adolf noch einige Zeit, sich von seinen trauernden Damen zu verabschieden. Aber bevor

Adolf in den Ofen geschoben werden sollte, wollte er es allen Zweiflern beweisen. Adolf kratzte zum letzten Mal seine verbliebenen Reserven zusammen und machte seine Damen wie so oft in der Vergangenheit glücklich. Und einige seiner noch vom Kochtopf verschonten Söhne sollten Zeuge sein, damit auch sie es lernen, wie man für das Volk der verfressenen Menschen zukünftigen Hasenbraten produziert. Mit Stolz und mit Ehrfurcht sollten sie allesamt zu ihrem Vater aufsehen, der sogar noch kurz vor seinem nahenden Tod sein allerbestes gab.

In 5er Reihen standen die Damen Schlange und warteten gespannt darauf, von Adolf im Sekundentakt verwöhnt zu werden. Seine Gedanken schwirrten nur noch um das Eine: Zum letzten Mal als Mann seinen Aufgaben gerecht zu werden. Und so manche Hasenjungfrau erlag sogar mehrmals der Kunst, die von Adolf ausging. Bei diesen unerfahrenen Damen ließ er sich besonders viel Zeit. Nicht die üblichen zwei Sekunden, diese Grazien durften sich um mindestens fünf lange Sekunden länger an seinem Liebesspiel erfreuen.

Sogar seine Töchter schwärmten:

„Seht ihn Euch an, das ist unser Vati. Selbst im Angesicht seines nahen Todes steht er für Verantwortung und Pflichtbewusstsein."

Und die Jungs, die sollten nur gut zusehen damit auch sie lernen, wie man zukünftige Mütter verwöhnt.

Zu sehr nahm er seine Aufgabe - jeder Hasendame zu einem Mutterstatus zu verhelfen - ernst. Die Damen, die von unserm Hasencasanova bedient wurden, fragten sich:

„Wer von den jungen Stümpern soll den ehrenvollen Platz, den unser Adolf ausfüllte, einnehmen? Die

Schnellspritzer können eh nur an der Karotte nagen, wenn es nach denen geht, wird die Rasse der Karnickel unweigerlich aussterben!"

Das Gerede kümmerte den Adolf überhaupt nicht mehr. Unser Held im Hasenstall zelebrierte seinen Akt zu einer wahren Kunst, Spaß sollte es dieses letzte Mal machen, das Kindermachen sollten in Zukunft andere übernehmen.

Zwei Tage später:

Adolf lag nach seiner ehrenvollen Arbeit fix und fertig in der Ecke des Stalles und er sah sie kommen.

Wen? Na, seine Scharfrichterin! Die Hausfrau kam mit dem Knüppel in der Hand in den Hasenstall. Jetzt wurde es ernst für unsern Helden, gleich würde Adolf einige Hiebe hinter die Löffel erhalten, die ihn seiner Bestimmung als Hasenbraten näherbringen würden.

Traurig? Aber nicht doch! Adolf freute sich sogar, dass ihm der Pelz über die Ohren gezogen wurde. Er freute sich? Ja! Irgendwann ist es für jeden Hasen soweit, dass er sich außerhalb seines abgezogenen Felles wiederfindet. Und Adolf? Er war zum letzten Finale bereit. Nur so war es ihm möglich, mit all seinen ehemaligen Geliebten, die ja allesamt ihr Leben in einer Mikrowelle beendet hatten, im Hasenjenseits vereint zu sein. Der himmlische Paradiesgarten mit seiner ausufernden Botanik würde dank der eifrig kopulierenden Karnickel mit lauter kleinen süßen Hasenbabys übersät werden. Man darf nur hoffen, dass der himmlische Vater dort oben kein Vegetarier ist, sonst wird alles Pflanzliche in einem Hasenmagen enden. Und was das bedeutet sollten jedem einleuchten. Das Paradies mit all der Vielfalt und seinen pflanzlichen Kostbarkeiten würde zu einer Wüste mutieren.

15 Im Wartezimmer meines Arztes

Dann und wann kommt es vor, dass einem Junggesellen mitten unter der Woche ein vielversprechendes Date zufliegt. Und ausgerechnet zu einer Zeit, wo man für gewöhnlich seinem Broterwerb nachgeht. Und? Was macht für gewöhnlich ein solcher Lohnsklave in so einem verzwickten Fall? Genau! Er geht zu seinem Hausarzt und lässt sich einen außerplanmäßigen Urlaubsschein ausstellen. Und auch ich war dazu bereit, mich als Todkranker, der in seinem letzten Aufbäumen auf das nahende Ende wartete, als medizinisches Opfer darzubieten.

Meinen Haus- und Leibarzt Herrn Dr. Heinrich Messner von meinen unharmonischen Magen- und Darmproblemen zu überzeugen, war für einen Fachmann wie mich in Sachen Hypochondrie ein Leichtes. Um glaubwürdig rüber zu kommen, hatte ich lange geübt. Dr. Messner kannte mich, er wusste Bescheid, dass, falls ich in seine Praxis kam, mein Leben zwischen Siechtum und nahendem Tod schwankte. Aber um einen realen Krankheitszustand zu simulieren, schmiss ich mir schon am frühen Morgen einige Abführmitteltabletten ein. In meinem Darm sollte es bei meinem Arztbesuch besser grummeln als in einem überdimensionalen Kuhmagen. Ein berechnetes Risiko, was einem Verliebten ohne die nötige Freizeit zwei Wochen Dauerparty einbringen würde. Da ich ein begnadeter Frauenversteher bin, bekam ich von der Sprechstundenhilfe Anja auch gleich einen Termin.

Punkt acht Uhr stand ich mit meinem grummelnden Magen an der Anmeldung des Arztes.

„Hey Deuml", flüsterte mit die Anja ins Ohr, „Du siehst mir aber gar nicht krank aus. Mann, gib's schon zu, Du brauchst doch nur ein paar Tage frei, um Deiner ewigen Frauengeschichten Herr zu werden. Stimmts?"

Um uns beide zu verstehen, muss eines gesagt werden: Ich kannte die Anja aus früheren Tagen, wo wir beide noch ein Liebespaar waren. Aber wie so oft spielt einem das Schicksal Roulette und die Dame macht sich mit einem anderen - ausgerechnet einem Zahntechniker - vom Acker. Dabei war ich es, der der verzogenen Göre jeden Monat fünf purpurrote Rosen in die Hand drückte. Zu wenig? Was soll's, Juwelen konnte ich mir eben nicht leisten. Wäre aber interessant zu erfahren, was meine Ex von ihrem derzeitigen Lover zur Erhaltung ihrer Liebe bekommt. Wahrscheinlich legt er ihr zum Weihnachtsfest ein Geschenkpäckchen mit nagelneuen Zähnen unter den Weihnachtsbaum. Toll! Darauf düst meine Anja sicher wie 'ne Silvesterrakete ab.

Und was macht unsere ehemalige Liebe heute? Heute, wenn mich Anja in der Arztpraxis sieht, versucht sie stets meine Krankheiten als pure Arbeitsscheu zu deuten.

„Anja", sprach ich zu ihr, „ich weiß ja nur zu gut, dass Du Deine Entscheidung, mich für einen Zahnklempner zu verlassen, zutiefst bereust. Aber auch Du mein Schatz sollst eine zweite Chance bekommen. Also, um eine Wiederbelebung unserer Liebe werde ich Dir keine Steine vor Deine schönen Beine werfen. Hab Mut und lass es mich hören, dass Du immer noch wild nach meinen Berührungen bist, nur so darfst Du mich - den einzigen Sinn Deines jungen Lebens - heute Abend schon in den Armen halten. Aber solange Du Dir nicht mit Deinen Gefühlen im Klaren bist, mach mir meine Krankheiten nicht madig!"

„Deuml, mein Zuckerhase", antwortete mir Anja, „von einer Wiederbelebung unserer einstigen Liebe kann gar keine Rede sein. Erst wenn ich einen Typen suche, der ständig wie ein Toter faul auf dem Sofa liegt und dabei tonnenweise Kartoffelchips in sich reinstopft, werde ich mich an Dich erinnern. Dann mein Lieber bekommst Du die zweite Chance, aber bevor das geschieht, gehe ich eher ins Wasser. Verstanden?"

Diese üblen Worte einer Ehemaligen ließen mich kalt. Wie es scheint, bin nicht nur ich krank, auch die Anja quälte ein Problem, das sich "verletzter Stolz" nannte. Unser Gesprächsthema war für diesen Tag erschöpft. Mit einem gequälten Fingerzeig gab mir meine Ex zu verstehen, dass ich mich ins Wartezimmer verziehen soll. Recht hatte sie! Somit gewann mein ehemaliger Schatz Zeit, um über unsre verflossene Liebschaft nachzudenken. Beim Eintritt in den Wartebereich sprang mich das absolute Chaos an.

„Scheiß", dachte ich mir, „die Hütte ist zum Bersten voll!"

Ich zählte zweiundzwanzig Patienten, und jeder gab sein Bestes, um allen seine Krankheit näher zu bringen. Hier wurde geschnieft, gehustet und jede Menge Papiertaschentücher verrotzt. So wie es hier aussah, lebten sämtliche Grippe- und Durchfallviren, die die Welt bevölkern, in diesem kleinen Raum vereint.

Doch es sollte noch viel schlimmer kommen.

Einer der Herrschaften - ein Säugling - erfreute uns alle damit, dass er, kurz nachdem er von seiner stillenden Mutter mit Milch abgefüllt worden war, ihr ungezügelt auf den blanken Busen kotzte. Selbst der alte Spanner neben der beglückten Mutter sah sich gezwungen, seine gierigen Augen von ihrem bekleckerten Milchorgan abzuwenden. Was hier ablief, erklärt jedem Unwissenden, wie es in einem mittelalterlichen Pestauffanglager zuging. Jeder, der noch vor Kurzem als gesund galt, fing sich hier sämtliche Krankheiten ein. Meine Ex, die Anja, wusste genau, dass wenn sie mir einen Termin auf unbestimmte Zeit verabreichte, ich als einzig gesunder den ganzen Tag hindurch unter schwerstkranken Individuen verbringen durfte.

„Danke Anja! Für Deine Anteilnahme sei Dir der Aufenthalt in der Hölle gewiss!"

Mein Pech schien perfekt, als ich nur noch einen einzigen freien Sitzplatz genau neben dem kleinem Kotzreiher und seiner schlecht gelaunten Mutter fand. Und zu meiner rechten Seite war ja, wie ich schon erwähnte, der alternde Casanova, der zum letzten Mal eine blanke Frauenbrust erhaschen durfte. Den alten Zittergreis quälte eine Erkältung und ihm lief der Nasenschleim wie ein Gebirgsbach aus seinen Nasenlöchern. Hurra! Ich wusste, durch diesen Anblick wurde mein Hungergefühl für mehrere Stunden unterdrückt.

„Anja, Du verkommenes Aas, ich verfluche Dich zum zweiten Mal."

Ich seh meine Ex, wie sie sich vor meinem geistigen Auge am Boden strampelnd einen Lachorgasmus nach dem anderen eingefangen hatte.

Was ich viel störender empfand als den Gesundheitszustand der hier anwesenden Herrschaften war der Geräuschpegel, der allen das Trommelfell zum Tanzen brachte. Ein Bundesliga-Fußballspiel mit tausenden Fans war im Vergleich zu jenem Spektakel ein romantisches Schmuselied. Jeder redete so, als wäre es seine letzte Möglichkeit, den Mitmen-

schen von seinen Dramen zu erzählen. Um mich abzulenken, schnappte ich mir die einzige Zeitschrift.
Natürlich, wie konnte es anders sein, es war die
„EMMA", also eine Frauenlektüre. Dabei wäre mir
ein Playboyheft selbst aus vergangenen Zeiten um
vieles interessanter gewesen. Um das zu bekommen,
muss man wohl ein Privatpatient sein. Aber wie so
oft muss man Gott für alles danken, auch für eine
"EMMA". Und so blätterte ich gelangweilt von einem Kuchenrezept weiter zur aktuellen Damenmo-
de, und auf Seite 82 gab ein durchgeknallter Psycho-
analytiker brandneue Erziehungstipps für pubcrtie-
rende Teenager. Ohne sich anzukündigen begann
ausgerechnet die Uralt-Triefnase mit mir ein Gespräch.
„Mein Herr, weswegen sind Sie beim Doktor?"
„Ich habe eine hochansteckende Durchfallerkran-
kung!", gab ich Antwort, „es würde mich nicht wundern, wenn manche Herrschaften im Raum zukünftig
mein Darmleiden mit mir teilen würden."
Ich hoffte im Geheimen, das ich wegen dieser Worte
für die nächsten Stunden meine Ruhe finden würde.
Irrtum! Meine Darmstory war der Anlass für eine
lebhafte Diskussion - angeführt von der übelst gelaunten Mutter mit der vollgekotzten Bluse.
„Mein Herr", mahnte sie mich, „Ihr Tun ist unver-
antwortlich, sich hier sehen zu lassen. Wollen Sie
etwa alle im Raum mit Ihrer Darmgeschichte anste-
cken?"
In dem Moment, wo die Mutter ihren Ausraster er-
litt, schrie eine alte Schabracke aus der zweiten Reihe zu uns rüber:
„Meine Dame, recht haben Sie! Der Kerl gehört auf
der Stelle an die frische Luft. Uns allen die Scheiße-
rei andrehen! Eine pure Frechheit. Auch ich hab's im

Moment im Magen, spiele mich aber nicht wie der da als der Matador aller Durchfallerkrankten auf!"

„Jawohl", rief mir die Mutter entgegen, „mein Baby ist schon genug mit seinen Blähungen geplagt, und jetzt soll auch noch Durchfall hinzukommen!"

„Aber, aber", antwortete ich, „es ist doch nur zu seinem Vorteil, wenn der kleine Mann Durchfall bekommt, denn dann geht die Sache hinten anstatt oben vorne raus." **(Ich weiß, dass diese Aussage nicht unbedingt an die Ohren einer jungen Mutter gelangen sollte, aber meine Sensibilität Kleinkindern gegenüber ist halt nicht meine größte Stärke!)**

Wie von einem giftigen Tier gestochen fuhr die Mutter aus ihrem Sessel hoch und verließ wütend das Wartezimmer, um auf dem Flur auf das befreiende Aufrufen des Arztes zu warten.

„Gut!", sagte ich zu mir, „eine weniger!"

Mein Martyrium sollte aber noch lange nicht zu Ende sein. Mir gegenüber nagte eine alte Dame, so etwa an die hundert, mit ihren letzten verbliebenen Zahnstummeln an einem bis rauf zum Himmel stinkenden Käsebrot.

„Der Käse ist wohl etwas älter, so wie der duftet," sagte ich zu ihr.

„Freundchen", schimpfte die Alte und fuchtelte mit dem Gehstock vor meiner Nase herum, „mich bekommen Sie nicht so leicht los. Ich habe einen Weltkrieg und drei Ehemänner überlebt. Also, vorsichtig sein, sonst können Sie sich gleich auch noch einen Termin beim Zahnarzt geben lassen!"

„Wie?", antwortete ich, „nur den Zweiten Weltkrieg, nicht auch noch den Ersten?"

„Ich weiß ganz genau was Dir fehlt", schrie die Alte. „Du hast sicher die ganze Nacht hindurch gebechert und nun soll Dich unser braver Doktor krankschreiben. Weißt Du, was Du in meinen Augen bist? Weißt Du nicht? Du bist ein arbeitsscheuer Drückeberger. Genau, ein Drückeberger bist Du!"

„Hui", dachte ich mir, „die alte Schachtel hat gehörig viel Haare auf den Zähnen!"

Einer nach dem anderen wurde aufgerufen, nur ich durfte in dieser gnadenlosen Hölle wie ein elender Straßenhund, der auf seine baldige Bestrafung wartet, frustriert vor mich hin darben. Und für jeden, der das Wartezimmer verließ, kam ein neuer Patient. Ich kam mir wie festgeklebt vor. Dahinter steckt nur meine Ex. Für Anja war es eine Rache, mehr noch, es war ihr eine Genugtuung, mich im eigenem Saft schmoren zu lassen. Und während ich so dahin frustete, betrat eine umwerfend tolle Dame - so um die fünfundzwanzig oder sogar weniger - das Wartezimmer. Das erste Highlight, das mir an diesem bekackten Tag zuteilwurde. Sogar der alte Spanner mit seiner Rotzglocke am Nasenausgang bekam das, was man von neuem aufkeimende Alterserotik nennt. Dabei sollte der sich schämen, wo doch seine Kameraden aus früheren Zeiten - die Saurier - längst ausgestorben sind. Dieses Fräulein in ihrem aufregend kurzen Minirock und den schwarzen Netzstrümpfen saß mir und dem alten geilen Bock gegenüber. Was für ein angenehmer Anblick. Um am Geschehen am laufenden zu sein, sprach die Alte, die mich zuvor noch an die frische Luft setzen wollte, zu der Dame: „Na mein Kind, ist das Stückchen Stoff, das sich Rock nennt, nicht zu kalt für diese Jahreszeit? Meine Unterwäsche ist um einiges wärmer als das, was Sie Rock nennen. Da brauchen Sie sich nicht wundern, wenn Sie Probleme mit der Blase bekommen. Und Sie mein Herr **(damit meinte sie mich)** schauen gefälligst in eine andere Richtung und nicht auf die Beine des viel zu jungen Mädchens."

„Aber Oma", antwortete ich dem alternden Drachen, „ich seh mir nicht die Beine an, die ja eigentlich sehr schön anzusehen sind, nein, mir gefällt nur die rote Farbe des Rockes. Das ist doch wohl nicht verboten. Oder?"

„Ja, ja", sagte die Alte, „ich kenn euch Typen nur zu gut. Und Sie **(die Alte wandte sich an das Mädel)** was fehlt Ihnen?"

„Ich arbeite in einem Hotel, wo die Männer stündlich aus und ein gehen", sprach die junge Schönheit, „und aus irgendeinem Grund bleibt seit Monaten meine Menstruation aus. Aus diesem Grund legte mir die Managerin des Hotels nahe, einen Arzt aufzusuchen, oder ich müsste mein Geld auf der Straße - wo es ja wie Sie zuvor schon bemerkt, hatten recht kalt ist - verdienen."

„Und was sagt Ihr Bräutigam zu diesem Schlamassel?", fragte die Alte.

„Hui", antwortet das Fräulein, „wenn der erfährt, dass ich aus dem Puff geflogen bin, na dann gute Nacht!"

„Aha", dachte ich mir, „ein Bordellmäuschen, das schwanger ist. Da freut sich jeder Zuhälter!"

„Frau Andernach", kam aus dem Lautsprecher, „Sie dürfen zum Arzt vorgehen."

Ohne weiter Notiz von uns zu nehmen, stand die alte Hexe auf und stocherte mit ihrem Gehstock ins nahe Behandlungszimmer.

Drei Stunden später:

Selbst der alte Rotzbär, der die appetitliche Puffmaus mit seinen gierigen Sabberaugen von allen Seiten her ausgezogen hatte, bekam vom Doktor seine Kreislauftabletten. Die hatte der Kerl auch sicher nötig.

Und Ich? Ich hatte weiterhin das Vergnügen, an den gesundheitlichen Diskussionen der hier Anwesenden mitzumischen.

Wenn mir da nur nicht die Anja mit ihrem verletzten Stolz im Spiel ist. Wütend wie ein Stier, dem man ein rotes Tuch unter die Nase hält, begann ich mich zu beschweren.

„Ich hab die Schnauze voll vom ewigen Warten, wann bin ich an der Reihe?" sprach ich zu Anja, meinem ehemaligen Schatz.

„Ach Deumlchen", antwortete sie mir, „nur noch zwanzig Minuten, dann bist Du an der Reihe!"

Zwanzig Minuten! Ha, was für ein Witz!

Erst eineinhalb Stunden später ertönte es:

„Herr Deuml, bitte ins Behandlungszimmer drei."

„Endlich", sagte ich zu mir, „wurde auch Zeit."

Doch was mich dort erwartete, war schändlicher als das Ausrauben einer alten Dame.

Dank Anja, die mit größter Wahrscheinlichkeit beim Arzt über meinen Ehrgeiz - was meine Arbeitsmoral betrifft - gepetzt hatte, untersuchte mich Dr. Messner gründlicher als sonst, und weil er dachte, mir fehle nur die Lust an der Arbeit, bekam ich von ihm die Erlaubnis, am nächsten Tag wieder in der Firma anwesend sein. Das Schlimmste aber war, dass sich dadurch mein erotisches Date wie ein Nebel im Sonnenschein auflöste. Wie ein verprügelter Hund schlich ich an der Patientenaufnahme und an der Anja vorbei. Ich wollte nur noch nach Hause. Mein Verlieren ließ Anjas blaue Augen noch blauer aufleuchten.

„Na mein Schatz", rief mir meine Ex schelmisch hinterher und zwinkerte dabei mit den Augen, „wann darf ich Dich hier wiedersehen?"

16 Madame Coco

Meine ehrenwerten Herren, darf ich es wagen, Euch zu fragen, wann Ihr das letzte Mal im Puff ward? Nein! Okay, ich als Mann habe Verständnis dafür, dass solche delikaten Besuche stets geheim bleiben sollten. Es könnte ja die Gattin, Freundin oder sonstige Lebenspartner Wind von Eurem sündigen Treiben bekommen. Und wegen einer Stunde Vergnügen eine Partnerschaft riskieren, nee, auf solche Szenerien kann jeder Mann verzichten. Doch leider ist es so, dass manch einem Kerl die Lenden mit aller Gewalt auf die Psyche drücken. Und was das bedeutet, muss wohl nicht näher erklärt werden. Wie bitte, es gibt tatsächlich welche, die nicht verstehen was ich mit der gequälten Psyche meine. Gut, für die sexuellen Analphabeten unter uns Männern?!?! muss ich ausnahmsweise Klartext reden. Sex! Es dreht sich dabei um tierischen Sex, von dem die braven Buben unter uns keine Ahnung haben. Anders die Bösen unter uns, sie haben zuweilen mit ihrer angestauten Lust bis zur Selbstaufgabe zu kämpfen. Zu lange ist es her, dass die Ehefrau bei ihrem Angetrauten an Körperteile Hand aufgelegt hat, wonach es die Herren der Schöpfung so dürstet. Da hilft auch kein Aufenthalt in einem Fitnesscenter. Nur durch eine aufregende Rubbelei, hervorgerufen durch eine noch aufregendere Dame, lässt sich dieser quälende Umstand beseitigen.

Und genau jetzt betritt das Liebchen Madame Coco das Spielfeld. Kein Mann, der in geheimer Mission die Dienstleistung horizontaler Damen in Anspruch nimmt, kommt an dieser Dame vorbei.

Aber wer ist denn nun Madame Coco?

Unsere Heldin lebt in einem Seitengewerbe der Erotik, mehr oder weniger am Rande des Geschehens.

Wie das? Ein Mann, der sich auf einer fremden Matratze in liegender Stellung ausgetobt hat, erbt in manchen Fällen von seiner bezahlten Spielkameradin zum Abschied ein nettes Präsent.

Meist erfährt der Lustmolch erst am nächsten Tag davon, dass er mehr für sein Geld bekommen hat als erwartet. Zu spät! Noch bevor er sich versieht, hat sich Coco auf seinem Gehänge festgeklammert.

Ohne es zu wollen, darf dann auch die Gattin hautnah am Geschenk ihrer besseren Hälfte teilhaben. Denn mal lebt Madame Coco auf dem Herrn und später auf dessen Frau. Und sein Eheschatz freut sich meist mehr als der verdorbene Gatte. Keiner von beiden sollte bei Coco zu kurz kommen. Es spricht ja schon der Priester bei der Hochzeitszeremonie, dass in einer Ehe alles untereinander geteilt werden muss. Aber wie kommt so eine wie die Madame Coco aus dem Eros-Center zu - oder besser auf - einen Mann?

Na ganz einfach, indem sich Madame Coco an der Sackbehaarung der noblen Herren festhält. Und bei einer ehelichen Zusammenkunft wechselt die fesche Coco so ganz nebenbei vom Mann rüber zu seiner Frau. Daher der geteilte Spaß.

Sicher wissen manche von Euch immer noch nicht, welches Wesen Madame Coco eigentlich ist.

Diese appetitlich anzusehende Dame gehört zur Ordnung klitzekleiner Käfer. Die Kleine ist von allen Seiten her nett anzusehen, ein wahres Prachtweib, die ihre zahllosen Verehrer bei ihrem Anblick schier in den Wahnsinn treibt. Toll!

Aber jetzt mal raus mit der Wahrheit, wer ist die Coco wirklich? Kein vernünftig denkender Mann glaubt an nette Käferchen, die sich an den Eiern festhalten und deren Wichtigkeit. Gut! Ihr Luschen könnt also das Rätsel, das ich Euch gestellt habe, nicht ohne fremde Hilfe lösen. Unsere Heldin Coco entstammt einer uralten Familie, die der Volksmund verächtlich Sackratten, Oberschenkelantilopen oder einfach nur Filzläuse nennt. Spätestens jetzt werden bei manchen Zeitgenossen gewisse Nervenimpulse im Gehirn aktiv. Und die nichtsnutzigen Lumpen fragen sich:

„Scheiß! Und ich Depp dachte tatsächlich, dass der Puff und die Lola **(eine der Damen, die dem Herrn und seinem kleinen Freund auf die Sprünge halfen)** sauber sei."

Um Euch zu beruhigen muss zu eurer Entschuldigung gesagt werden, wegen dieser Käfer, meine Herren, muss sich kein Kerl schämen, denn jeder, der ein erfülltes Sexualleben vorweisen kann, hatte schon mal das Vergnügen, von dieser Tierart heimgesucht zu werden. Nur die an das Zölibat gebundenen Heiligen und deren Schüler hatten das Pech, von diesen Tierchen verschont zu werden. Diese lieben Herz-Jesu-Knäblein wussten, dass man mit der linken oder rechten Hand genauso viel Spaß haben kann, ohne dabei die Statuten der Klosterschule zu verletzen. Um sich ein genaueres Bild Madame Cocos zu machen, geben wir der Dame die Möglichkeit, sich selbst vorzustellen.

„Also, Madame Coco jetzt bist Du dran!

„Danke!", spricht die Dame, „Hallo, ihr Lieben! Ich bin's, Eure Madame Coco. Wie, Ihr kennt mich nicht? Hm, dies kann ich gar nicht verstehen, wo ich doch der Liebling aller lasterhaften Männer bin. Gut! Ich weiß ja selbst, dass man schon sehr genau hinsehen muss, um mich unter all meinen vielen Freunden zu entdecken, aber dafür habe ich vorgesorgt, indem ich mir ein rotes Schleifchen ans rechte Bein gebunden habe. Wie, Ihr könnt mich noch immer nicht sehen? Oh Gott, diesmal habe ich es wiedermal mit lauter blinden Maulwürfen zu tun. Also nochmal von vorne! Ich bin Madame Coco und bin als Statist am erotisch horizontalen Gewerbe beteiligt. Aber bitte meine Herrschaften, verfallt ja nicht dem Irrglauben, dass ich als Vollzeitbeschäftigte in einem zweifelhaften Billigbordell mein Auskommen habe. Für diese Beschäftigung bin ich wohl zu klein geraten. Ich bewege mich mehr im dunklen Hintergrund, also dort, wo sich Frau und Mann am nähesten sind. Meine Aufgabe besteht darin, nach so einem Erotiktreffen nicht nur den Mann, sondern auch seine unwissende Gattin mit meinem Dasein zu erfreuen. So eine vom Dauerkopfschmerz geplagte Ehefrau freut sich ungemein, wenn sie erfährt, dass sie von dem ewigen Sexwerben ihres potenten Gatten verschont bleibt. Dieser Dienst an die geliebte Ehefrau ist doch einige Tropfen Eures Blutes (**Madame Cocos Lieblingskost**) wert."

„Coco, es reicht! Lass uns weiterreden!"

In Laufe eines Jahres kommt so eine Madame wie unsere Coco weit umher. Jeder Freier, der sich einer Bordellschwalbe nähert, bekommt Besuch von dem flotten Käfer. Und nach einiger Zeit der eigenen Vermehrung, in der Madame Coco mehrere Kinderchen in die Welt gesetzt hat, wechselt unsere Heldin rüber an einen anderen Ort. Diese Dame tut - wie jede andere anständige Mutter - auch wirklich alles, damit ihre Nachkommen ein gesundes Umfeld ergattern. Und für ihre Art ist ein wärmender Männersack genau der richtige Ort dafür. Eigentlich sollten die untreuen Männer froh sein über jenes Geschenk, das ihnen ihre Gespielinnen vererbt haben. Meine Gute,

Sie dürfen dies als positive Bestätigung Ihrer Potenz ansehen. Doch leider sind Ehefrauen keineswegs verzückt, wenn sie Madame Coco in flagranti erblicken. Nach einem heftigen Hurraschrei endet das Treffen meist so, dass der Herr des Hauses von seiner Gemahlin eine wohltuende Augenmaniküre erhält. Die Farbe der Augenlider bewegt sich nach dieser Behandlung zwischen hellblau, azurblau, vielleicht auch etwas Rot und in den härteren Fällen ein dunkles Lila. Bei Letzterem spielt die Tatsache eine gewichtige Rolle, dass der Ehegatte ein notorischer Fremdgänger ist. Um das Geschehen stilvoll abzurunden, werden büschelweise Haare in den Händen der betrogenen Frauen hängenbleiben. Aha, daher also die vielen Halbglatzen! Und außerdem verabschiedet sich so mancher unnütze Zahn aus der beengenden Umklammerung des Kiefers.

Interessant!

Aus wirtschaftlicher Sicht war dies von Vorteil. Wieso? Na weil die Kosten der Zahnmedizin so manch knappes Familienbudget in überirdische Höhen abdriften ließ.

Und die lieben Kinderchen erst! Die freuen sich ungemein, wenn es wiedermal heißt:

„Schaut mal, die Mutti mit der Bratpfanne spielt mit Vati fangen!"

Und Madame Coco? Was macht unsere Heldin unterdessen? Die Dame beglückt die Menschheit mit einer neuen Generation Filzlausbabys.

Doch irgendwann ist Schluss mit Halligalli. Nachdem durch Madame Cocos Hilfe fünfzigtausend Kinder das Licht der Welt erblickt hatten, nahte ihr eigenes Ende. Weil ein untreuer Ehemann erneut die Dienste eines Callgirls in Anspruch genommen hatte, hatte er sich die Madame Coco zum zweiten Male eingehandelt. Beim Anblick Madame Cocos bekam seine wutentbrannte Gattin einen hysterischen Nervenkoller.

„Du Sau!" schrie die Ehefrau ihren lasterhaften Gatten an, „Du hast mir schon wieder Filzläuse ins Haus getragen!"

Und ein weiteres Mal begannen die Augen des Gatten in den schillerndsten Blautönen zu leuchten.

Nicht nur der Gatte, sondern auch Madame Coco sollte die Wut der gehörnten Ehefrau am eigenem Leibe spüren. Die Arme wurde in einem Anfall von unkontrollierbarem Sadismus zu Tode gequetscht. Traurig? Nee! Das Leben einer Filzlaus endet meist zwischen zwei Fingernägeln. Das ist nun mal die Bestimmung jeder Filzlaus. Aber als fleißige Mama hat Madame Coco vorgesorgt. Die Menschheit darf sich weiterhin um die kleinen Käferchen alias Filzläuse freuen. Eine wahrhaft anständige Tat.

„Danke, Madame Coco!"

17 Die lieben Kleinen
Kinder! Die ewigen Terroristen

Meine Herren, haben auch Sie so einen milchsaugenden Schreihals auf der Lohnsteuerkarte stehen? Ja? Dann, mein Freund, sei Ihnen mein aufrichtiges Beileid gewiss.

Genau, ich meine Babys - meinetwegen auch Säuglinge genannt. Kleine Mädels und Buben, die einen andauernd anlächeln und dabei frech ihre Windeln vollkacken. Für Junggesellen bedeutet der Anblick plärrender Babys - auch wenn sie einen noch so niedlich anlächeln - den puren Wahnsinn. Dieser Menschenschlag fühlt sich in dieser ungünstigen Situation wie vom Satan höchstpersönlich umarmt. Die kleinen Monster strapazieren unsere Gehörwände von morgens bis spät nachts. Kein Wunder, wo doch alleinstehende Männer zu gerne zu einem Gehörsturz neigen. Irgendeine Dame in unserem achtstöckigen Mietshaus macht ihren Freund, Verlobten oder Ehegatten zum Vater. Jetzt darf auch er den liebreizenden Gesängen seines Sprösslings nächtelang hindurch lauschen.

Mütter hingegen sind da schon um einiges resistenter gegen den Kleinkindstress, den ihre Teufelchen - ob nun in blauen oder rosafarbenen Stramplern - verursachen.

Was sollten sie tun? Sie sind es ja, die die Kleinen den ganzen Tag an der Brust hängen haben. Krass wird es erst, wenn die Mütter mit ihren Babysirenen in Rudeln auftauchen. Dann, meine ehrenwerten Herrn, bekommen Sie pures Futter für Ihren Tinnitus.

Anhand eines Erlebnisses von mir erzähle ich Euch eine Story. Im letzten Frühjahr erlebte ich etwas, das mir den Angstschweiß auf die Stirn zauberte.

Ich ging ins Stadtcafé, wo ich als Stammgast mit VIP-Status fungiere. Dort wollte ich mir den berühmten Käsekuchen, den die Gattin des Wirtes Alfons gebacken hatte, genüsslich auf der Zunge zergehen lassen. Beim Betreten der Lokalität fiel mir auf, dass die gemütliche Bude nicht wie sonst war. Ich vernahm lautes Geschrei. Sehr ungewöhnlich! Sonst konnte man an diesem Ort die Fliegen im Kanon husten hören.

„Hey Alfons", grüßte ich den Wirt, doch der Angesprochene reagierte nicht. Erst als ich ihm meinen Arm auf seine Schultern legte, drehte er sich zu mir und sah mich mit mitleiderregenden Augen an.

„Was ist denn hier los?", fragte ich neugierig.

Erst als Alfons aus seinen Ohren Wattekügelchen zur Geräuschdämmung hervorzauberte, war er fähig, mich als neu hinzugekommene Person zu erkennen.

„Hallo Deuml", sprach er, „wahrscheinlich wird es Dich verwundern, weshalb ich Watte in den Ohren habe. Geh Du nur ruhig in den Gastraum, glaub mir mein Freund, dort wirst Du sehen, was für ein Drama Dich dort erwartet."

Alfons hatte recht. Den Grund seiner Warnung konnte man im ganzen Hause hören: Säuglinge, die ununterbrochen nach Milch und frischen Windeln plärrten. Ich sah den Wirt fragend an, bemerkte aber sehr schnell, dass Alfons kurz vorm Ausbruch eines unreparierbaren Burn-outs stand. Alfons' Hände und Augenlider zitterten, was sehr ungewöhnlich war, normal konnte den Herrn nichts aus der Fassung bringen. Aber wie es schien, hatte ich mich in Alfons Nervenkostüm geirrt. Nur die Wattebällchen verhinderten schlimmeres Leid. Um nicht noch mehr Lärm zu produzieren, schlich ich mich auf leisen Sohlen ins Gastzimmer. Und da waren sie, die lieben Kleinen! Meinen Stammplatz konnte ich an diesem Tag vergessen, ich musste mit der Mitte des Raumes vorliebnehmen.

Es berieten sich vier junge Mütter mit ihren acht Bälgern - vier Kleinkinder und vier Säuglinge - darüber, wer denn nun die bessere Mami sei. Mein Glück für diesen Tag schien perfekt. Aus allen Ecken schrien sich die Windelterroristen in Rage. Stereogeschrei aus allen vier Ecken des Cafés und ich saß mittendrin.

„Na ja", dachte ich mir in meiner naiven Gutmütigkeit, „die Hennen mit ihren lauthalsigen Küken werden irgendwann im Lauf des Tages verschwinden."

Irrtum! Es sollte noch viel schlimmer kommen. Nicht nur einer machte seinem Unmut Luft, aber nicht doch, alle vier Babys gaben ihr Bestes. Und was taten ihre Mütter? Die Grazien unterhielten sich, als seien sie von allerliebsten Engelchen umgeben.

Engelchen? Ha, das ich nicht lache! Teufelchen wäre die bessere Bezeichnung. Die vier Plagen in ihren Kinderwägen schrien lauter als der Sänger der Rockgruppe AC/DC, indem sie mir unharmonische Volksweisen aus dem kunterbunten Säuglingsland vorsangen.

Mann, wenn das mal keinen Gehörsturz in mir auslöst!

Der pure Horror mit all seinen Schikanen umschmeichelte mich. Mehr noch, ich war in diesem Moment der Liebling aller Psychopathen.

Doch dann, ein Wunder trat ein! Zwei der vier Lauser bekamen Hungergefühle und stellten zu meiner Freude das Geschrei zu Gunsten der Nahrungsaufnahme ein, was fünfzig Prozent Ruhe bedeutete. Irgendwann waren auch die anderen beiden soweit, um an Mutters Brust zu nuckeln. Ich zog meine beiden Zeigefinger aus den Ohren und vernahm paradiesische Ruhe. Nur das Schmatzen und Rülpsen der kleinen Monster war zu hören. In mir breitete sich eine wohltuende Stille aus. Mit anderen Worten, hier im Gastraum kehrte Frieden und Glückseligkeit ein. Wenn sie essen, finde ich sie sehr, sehr lieb, die kleinen Racker. In diesem verheißungsvollen Augenblick konnte auch ich mich meinem leckeren Käsekuchen widmen. Selbst die ewig quasselnden Mütter hielten ihren Mund. Ich denke mal, dass die ehrenwerten Damen froh waren, auch mal brave Kinderchen an der Brust hängen zu haben. Und wie ich mich auf meinen Kuchen und Kaffee konzentrierte, war es dann soweit. Die himmlische Ruhe wurde jäh beendet. Einer der vier Windelscheißer - der lauteste und wohl auch der verfressenste von allen vieren - bemerkte recht schnell, dass Mamas Milchquelle zu versiegen begann. Mit anderen Worten, das zuvor noch prall gefüllte Milchfass neigte sich dem Ende zu. Da konnte der kleine Mann noch so heftig drücken und saugen, die Milchbar blieb bis zur nächsten Fütterung geschlossen. Für ihn gab es nur zwei Optionen, entweder er übt sich in Askese und bleibt hungrig oder der feine Mann muss sich ausnahmsweise mit geschmackloser Konservenkost begnügen. Letzteres kam für den zukünftigen Genießer wohl nicht in Frage. Für ihn war klar, dass nur Frischmilch seinen verwöhnten Gaumen berühren darf. Und wie zeigte er seiner Mutter, dass es erneut an der Zeit wäre, die Bluse zur Quelle zu öffnen? Raten Sie mal! Genau, der kleine Mann ließ einen unberechenbaren Urschrei auf die wehrlose Menschheit los. Um sich seiner Revolution anzuschließen, stimmten die anderen drei Babys in sein Geplärre mit ein und

beglückten mich ein weiteres Mal mit ihrem Gesang.
Und ich als derjenige, der von allen Seiten her mit Babygeschrei beschallt wurde, kam mir vor, als sei ich in einer Heavy Metal-Disco, wo einem vor lauter Lärm die Ohren abbrechen.

Und um der frustrierenden Situation die Krone aufzusetzen, wurde es den Vieren - also denjenigen Kindern, die schon auf eigenen Beinen stehen können - zusehends langweilig. Um nicht der Müdigkeit zu erliegen, begannen sie mit einer Puppe ein Fußball-Match. Wäre ich der Schiedsrichter gewesen, hätte ich allesamt die rote Karte erteilt.

Die Mütter unterdessen verfolgten das lautstarke Ballspiel mit einem selten erreichbaren Gleichmut. Die Schnepfen unterhielten sich unbeeindruckt vom Geschehen weiter. Irgendwann wurde es mir zu viel.

„Hallo", rief ich den amtierenden Spielern zu, „Meine Freunde, das hier ist ein Café und kein Bolzplatz!"

Shit! Die Buben hörten mir gar nicht zu.

„Oh Gott", dachte ich mir, „die armen Kleinen sind wohl taub!"

Nur die Mütter unterbrachen ihre Unterhaltung. Ich hörte wie die eine zu der anderen sagte,

„Wieder so ein lärmgestresster Junggeselle! Der Arme hat wohl keine Frau fürs Kindermachen gefunden. Ein paar Kinder würden ihm sicher guttun, damit auch er erfahren würde, was es heißt, Erziehungsaufgaben zu übernehmen."

Von den Ansichten ihrer Mütter angetörnt spielten die Lausbuben unbeirrt weiter. Und einer der Buben kickte drauflos. Tor!

Ich bin ja ein geduldiger Mensch, aber wenn eine Barbiepuppe in meinen Kaffee segelt, bekomme auch ich unseriöse Gedanken, wie ich dem Ballspiel

Einhalt gebieten konnte. Zumindest würde ich den Bengels eine Fesselung zukommen lassen. Weitaus schlimmer war es jedoch, dass mir jede Menge Kaffee über die frisch gereinigte Jeans schwappte.

„Herrgott sakra", fluchte ich, „Du Saubursch, kannst wohl nicht aufpassen!"

Wütend packte ich mir die mit Kaffee besudelte Barbiepuppe und wandte mich an die Mütter. Das mindeste, was einem in so einem Fall zusteht, wäre, dass die Mutter des Torjägers meinen Kaffee ersetzt und die Reinigungskosten der Jeans übernimmt. Ich hielt ihr das Korpus Delikti unter ihre Nase.

„Na", sagte ich, „fällt Ihnen etwas auf?"

„Ach ja", antwortete die Angesprochene, „das ist doch die Puppe meiner Tochter. Sie wollten sie wohl stehlen, hab ich recht?"

„Nein", rief ich, „Ihr missratener Reservebeckenbauer hat sie mir direkt in den Kaffee geschubst! Und? Was gedenken Sie zu tun?"

„Ach was, so schlimm ist das nicht", sprach die Mutter, „man muss die Puppe nur mit 60 Grad waschen und schon ist der Fleck Geschichte. Noch was?"

„Aber ja doch", sagte ich, „an der Puppe und an meiner Jeans klebt mein ehemaliger Kaffee, das wollte ich damit sagen! Wenn Sie verstehen."

„Um die Puppe werde ich mich kümmern", sagte die Alte, „aber die Jeans? Sie haben der Jeans doch schon seit längeren keine Reinigung zukommen lassen. So dreckig, wie die aussieht, verwundert es keinen, dass irgendwann büschelweise Gras aus den Hosentaschen herauswächst."

Und während ich mich nett mit der Dame unterhielt, zeigte mir einer der Buben - natürlich der Fußballer - die rausgestreckte Zunge. Kein Respekt gegenüber dem Alter!

„Du Mistkäfer!", schrie ich.

Zu meinem Erstaunen nahm der kleine Mann meinen Tadel sehr, sehr ernst. Um mir verstehen zu geben, das er mich verstanden hatte, trat mir der kleine Balg frech ans Schienbein.

„Aber, aber", sprach die Mutter, „mein Schatz, seit wann zeigst du den Erwachsenen die Zunge? Du Böser Du!"

Doch der Bengel zuckte nur mit den Schultern, die Rüge seiner Mutter ließ ihn kalt.

„Meine Dame", sagte ich in einem sarkastischen Tonfall, „kann es sein, dass Sie ihren Buben mit dem, was sie gerade sagten, zu sehr quälen? Der Lauser bekommt ja einen Schock fürs Leben."

Darauf bekam ich keinerlei Antwort. Jetzt wollten auch die Säuglinge ihrem Senf zu jenem Thema dazugeben, indem sie lauter als zuvor gegen meine Ohrmuscheln schrien.

„Toll", riefen die Mütter, „das haben Sie nun davon! Jetzt gibt es ein Gratiskonzert. Und Sie sind schuld."

So wie es aussieht, schreien die Monster bis zu der Zeit, wo ihnen im Alter die dritten Zähne eingepasst werden. Die vier Schreihälse haben durch ihr Organ eine zukunftsreiche Karriere als Bundestagsabgeordnete vor sich. Diese nutzlosen Herrschaften in Berlin schreien auch wild um sich und zerreißen dabei nicht mal 'ne nasse Zeitung.

Um seinen Ruf als Wirt zu verteidigen, mischte sich Alfons ins Geschehen. Mit einem besänftigenden Ton wandte er sich an mich und die aufgebrachten Mütter:

„Deuml", sprach er erst zu mir, „hab doch Verständnis, es sind doch alles liebe kleine Babys! **(Alfons, Du alte Ratte)** Da muss man sich als Erwachsener schon mal in Geduld üben. Sieh mich an, ich bin doch auch ruhig. Also nochmal, mein Freund, beruhige Dich!"

„Aha", antwortete ich, „dann mein Lieber pul doch bitte die Wattebällchen aus Deinen Ohren, damit auch Du erleben darfst, wie der Gehörschaden immer mehr von uns Besitz ergreift."

„Welche Wattebällchen?", rief mir Alfons scheinheilig zu, „ich habe nichts dergleichen in mir."

„Herr Wirt", rief eine der Mütter, „dieser Kerl hier hat was gegen unsre lieben Engelchen. Er hat sogar von Monstern gesprochen. Das mindeste, was wir von Ihnen verlangen können, wäre, dass Sie dieses kinderfeindliche Individuum an die frische Luft setzen, damit er sich etwas abkühlt."

Wie eine Marmorsäule stand Alfons zwischen den Fronten, er wusste nicht, was er tun sollte. Seinen besten Gast verlieren, nur um einige Mütter mit ihren Bälgern vor mir zu schützen. Oder sich dem Wahnsinn preisgeben.

„Was ist nun", rief eine der Mütter, „fliegt der Kerl oder müssen wir uns selbst um dessen Beseitigung kümmern?"

„Äh", räusperte sich Alfons, „das geht so nicht, meine Damen."

„Warum nicht?", riefen diese.

„Na weil der Deuml mein bester Gast ist.", antwortete der Wirt.

„Aha!", sprach die Dame mit dem losesten Mundwerk, „und wir sind Ihnen als Gäste wohl nicht fein genug! Oder was?"

Mir kam einer der Buben zu Hilfe. Der ehemalige Torschütze, der die Puppe seiner Schwester in meinen Kaffee gekickt hatte, hatte sich an einem Kuchenbrösel verschluckt, was bewirkte, dass er mitten in den Gastraum reiherte. Und seine Schwester tat es ihm gleich. Auch sie erfreute uns mit einem Kakao, einer halben Banane und dem Stück Erdbeersahne, die sie gierig verschlungen hatte. Toll! Nun erlebte auch Alfons hautnah, in welchem Zirkus ich heute gelandet war.

Als Alfons' Gattin Alma mit der Beseitigung des Kotzgutes beschäftigt war, ging ein weiteres Kind - diesmal ein Mädchen - hinter die Theke. Es wollte unbedingt einige Plätzchen stibitzen, die in einer Schüssel an der Theke lagen. Die Kleine bekam zwar keinen Keks ab, aber dafür streifte sie mit ihrem Windelhintern die Vitrine, in der die Gläser standen. Na ja, was soll ich sagen, die Kleine produzierte einen gewaltigen Scherbenhaufen. Zur Freude Alfons'! Und die Mütter? Wie fanden die das? Sie sahen über das zerdepperte Drama skrupellos hinweg. Diese Hennen dachten sich, dass das kleine Malheur wohl nicht der Rede wert wäre. Sie wunderten sich nur über Alfons' üble Laune. Nach ihrer Meinung war der Wirt ja selber schuld. Warum stellt er ausgerechnet Kekse an die Theke, wo doch jeder weiß, wie verrückt kleine Kinder nach so einem Snack sind. Solche Leckereien gehören einfach nicht so platziert, dass süße kindliche Patschehändchen rankommen. Und so gesehen darf sich der Wirt den entstandenen Schaden selbst in Rechnung stellen. Das war nur die Meinung der Mütter, bei Alfons sah der Tatbestand weit dramatischer aus. Er muss nun für sehr lange Zeit das Bier und den Wein mit Wasser strecken, um die Unkosten noch vor Ende des Monats zu einem anständigen Ergebnis zu bringen. Mir war Alfons' Los furzegal, mein Hauptanliegen lag mehr an meiner Jeans.

Jetzt hatte Alfons vier aufgebrachte Mütter am Hals. Die Glucken hatten eine Fusion - mit der Absicht, den Wirt in seine Grenzen zu weisen - gegründet. Der arme Kerl wurde von allen vier Seiten mit üblen Beschimpfungen bombardiert.

„Mein Herr", rief eine der Damen, „wir würden Ihnen raten, dass Sie ein Café in einem geruhsamen Altenheim eröffnen, denn dort werden die Gäste mit einlullenden Medikamenten ruhig gehalten. An diesem Ort müssen Sie nur bedenken, dass Ihnen diese Herrschaften nicht die Zeche - wegen fortgeschrittener Alzheimer - prellen. Und noch was, vielleicht gibt Ihnen die Spitalleitung die einmalige Chance, sich dort einzumieten! Wer weiß?"

Für mich war es ein virtuelles Bonbon, zuzusehen, wenn ausnahmsweise andere als Zielscheibe erboster Mütter herhalten müssen.

„Und wer ersetzt mir die zerdepperten Gläser!", sprach Alfons.

„Ach geh", bekam er zur Antwort, „die Schmuddelgläser waren doch eh nicht mehr sauber zu kriegen. Mann, sei doch froh, dass Dir meine Julia die Arbeit abgenommen hat und Du Dir es ersparen kannst, das widerliche Zeug zu reinigen."

Was dann geschah, hatte auch ich am eigenem Leib erfahren dürfen. Der Fußballstar beglückte auch den Alfons, indem er ihm einen Tritt ans Schienbein verpasste. Und weil der anstehende Frust noch um einiges ausbaufähig war, entleerte die Kleine von vorhin **(die mit den Keksen)** zum zweiten und zum dritten Mal ihren Magen. Die Kleine reiherte wie drei abgestürzte Japaner auf dem Oktoberfest. Ein weiteres Mal musste Alfons' Gattin Alma ran, um die Beweise einer Magenverstimmung zu beseitigen. Wau, die war vielleicht happy.

„Meine Damen", schimpfte Alma, „können Sie Ihren Kindern nicht beibringen, erst dann zu reihern, wann sie außerhalb eines Lokales sind?"

„Ach ja", antwortete eine der angesprochenen Mütter, „seht mal unsere Kinderchen an, die Kleinen sind ganz grün im Gesicht. Dafür gibt es nur einen Grund: Würden Ihr Kuchen und sonstige Nahrungsmittel frisch sein, bräuchten Sie nicht mit Putzlappen am Boden umherkriechen. Unsere Schätzchen haben eine lebensbedrohliche Sardinenvergiftung dank eures Schweinefraßes!"

„Salmonellen!", korrigierte ich die Mutter, „es heißt Salmonellenvergiftung! Mit Sardinen kann sich niemand vergiften. Das sind kleine schmackhafte Fischchen, die unbedingt auf 'ne Pizza Frutti di Mare gehören."

„Freundchen, red ruhig weiter", sagte der Wirt zu mir, „Du bewegst Dich auf direktem Wege zu einem Lokalverbot hin."

„Ja recht so", mischte sich seine Gattin Alma ins Gespräch ein, „der Kerl nervt mich schon seit Längerem. Letzte Woche machte er mir ein eindeutiges Angebot, ob ich nicht Zeit hätte, seine verwanzte Bude auf Vordermann zu bringen. 'Gerne', sagte ich und nannte ihm meinem Preis. Und mein Schatz, was glaubst Du, was er mir angeboten hat?"

„Was?", antwortete Alfons seiner Liebsten.

„Dein Stammgast sprach von ehrenamtlicher Arbeit. Und das mir!"

„Stimmt das!" fragte mich Alfons.

Ja zu sagen, war mir in dieser schwierigen Situation etwas zu sensibel würde ich sagen. Also zuckte ich nur mit dem Schultern. Soll doch Alfons selbst herausfinden was Sache ist.

Während Alfons und seine Alma sich wieder besannen, indem sie sich dem eigentlichen Problem der aufgebrachten Meute schlagkräftiger Mütter und deren kotzfreudiger Babys widmeten, hatte ich vorerst meine Ruhe.

„Meine Damen", sprach Alfons mit ernstem Ton zu ihnen, „Sie stören den gesamten Tagesablauf meines Lokals! Es wäre mir sehr lieb, wenn Ihr Milchkühe einen anderen Wirt mit Eurem Schauspiel beglücken würdet. Also hopp, auf geht's, zahlen, und dann ab! Und vor allem eines, nehmt Eure Sirenen mit!"

Es entstand ein regelrechter Tumult im Stadtcafé. Und Alfons und seine Alma ernteten einige sehr böse Worte.

„In Eurem Ratten-Wellnesshotel", schrien die Mütter, „ist das mindeste, was einem ehrbaren Gast bevorsteht, ein Klinikaufenthalt, wo einem der Magen ausgepumpt wird. Ha, selbst das Ungeziefer meidet diesen Ort des Grauens!"

Für mich war es interessant, dem Geschehen im Gastzimmer zu lauschen. Mehr noch, es war eine komplett neue Erfahrung für mich. Eine Mutter packte den Alfons am Hemdkragen und Alfons' Gattin Alma versenkte ihre zehn Finger in die Haare der angreifenden Mutter. So ein exklusives Schauspielerlebnis hat man nicht mal in einem oscarprämierten Hollywood-Thriller. Und noch dazu war das Gemetzel gratis.

Und wie ich mich - als mittlerweile Unbeteiligten - im Gastzimmer umsah, bemerkte ich, wie mich so ein kleiner Wichtelmann frech anlächelte. Ausgerechnet mir, wo ich doch mit Kleinkindern auf Kriegsfuß stand. Lieb! Ich muss zugeben, dass mir seine Freundlichkeit recht gut gefiel. Es kommt ja zu selten vor, dass ich von so einen Lümmel angehimmelt werde. Und es kam, wie es kommen musste. Dieser kleine Fratz hatte mich weicher als seine Windeln gekocht. Ich konnte nicht anders als mich vor dem Bengel geschlagen zu geben. Toll! Um die Anderen an meiner ungewohnten Eingebung teilhaben zu lassen, sprach ich zum Alfons und seiner Alma:

„Ach Alfons, Du alter Nörgler, sieh Dir nur mal den lieben Frechdachs an, ist der Lauser nicht lieb?"

18 Ein Frühschoppen für die Katz

Ich liebe den Sonntag, an diesem Tag kann ich bis neun oder zehn Uhr im Bett bleiben. Einmal die Woche sollte es mir möglich sein, meinen unbarmherzigen Wecker außer Gefecht zu setzen. Nur, was tut ein eingefleischter Junggeselle an einem Tag, der eigentlich der Familie zugedacht ist. Der Herr geht nach einem opulenten Frühstück zu seinen Freunden in die Kneipe, um mit ihnen einen gepflegten Frühschoppen zu zelebrieren. Auch ich schließe mich dieser seit Urzeiten gültigen Tradition an. Um uns nicht nur dem zerstörerischen Besäufnis zuzuwenden, spielen wir für den Rest des Vormittags das bayrische Kult-Kartenspiel Schafkopf. Und der Wirt Franz freut sich ja auch, uns adretten Burschen beim Zocken zuzusehen. Aber noch mehr freut es ihm, uns bei der Vernichtung seines Biervorrats behilflich zu sein. Das hat der Kerl auch bitter nötig, wo doch sein Geschäft und übrigens auch er selber seit Jahren am Hungertuch nagt.

Eigentlich nennt sich die Dorfkneipe „Zum Huberwirt" ein gutbürgerliches Speiselokal mit all den Schmankerln, die die bayrische Küche vorzuweisen hat. Doch Vorsicht sei geboten! Hier zu essen wäre ein fataler Angriff auf die Gesundheit. Selbst seine Kellerratten bekommen bei dem, was Wirt Franz in seiner Küche hervorzaubert, den totalen Würgereiz. Aber das Bier, was uns der Franz ausschenkt, das kommt der Genialität sehr nahe. Und da jeder von uns eine geübte Kehle vorzuweisen hat, was den Bierkonsum betrifft, überlebt sich's als Pleitewirt doch recht gut.

Doch an einen Sonntag des letzten Sommers erinnere ich mich genau, der sollte sich in mein Gedächtnis einbrennen. An diesem Tag ging ich mit fünfzig Euro in der Tasche zu meinem Spieletreff. Und wie jeden Sonntag waren meine drei Freunde um eine ganze Stunde und zwei Biere vor mir am vereinbarten Treffpunkt.

„Hallo Franz", begrüßte ich den Wirt, „und Euch Lumpen dasselbe!"

Bei den Letzteren meinte ich meine Kartenspiel-Kollegen, denen ich wie so oft das Geld aus den Taschen ziehen wollte. Da wäre der Emil, der fetteste von uns vieren. Sein bevorzugtes Hobby ist - wie sollte es anderes sein - Schweinebraten und Co. Dann wäre noch der Sepp, nur der kann mir mit seiner ausgefeilten Spieltaktik gefährlich werden. Und zu guter Letzt wäre da noch die alte Schluckente Isidor. Der Bursch ist berühmt dafür, dass er von uns vieren das meiste Bier konsumiert. Ihn als gewöhnlichen Säufer zu betiteln, wäre ein Kompliment. Isidor ist wohl die absolut größte Biervernichtungsmaschine, die unsere Stadt je zu Gesicht bekommen hat. Hm, so saufen können wie unser Isidor ist eigentlich auch ein Talent. Sei's drum, ein guter Kumpel ist er allemal.

Um uns in Stimmung zu bringen, gönnten wir uns erst mal eine Runde Doppelkorn mit dem dazugehörigen Bier.

„Prost", riefen wir, „damit die Kehle nicht einrostet!"

Und in dem Moment, wo der Sepp die Karten zum ersten Spiel verteilen wollte, ging hinter uns die Tür zum Gastraum auf. Wer außer uns sollte sich hierher verirren?

Hausfrauen! Kaffee- und kuchensüchtige Hausfrauen weit über die 50er-Altersklasse hinaus. Ein ganzes Rudel mit tratschenden Graufüchsen auf Pilgerfahrt! Und ausgerechnet hier wollten sie ihren Kaffee und Kuchen genießen. Als dies Franz der Wirt sah, verzog sich sein schmierig lächelnder Mund bis weit hinter die Ohren. In seinem Kopf gab es nur noch Geld, Money, Moneten, Taler, Zaster. Er sah sich schon wie Dagobert Duck im Geld schwimmen. Unser Pleitier witterte zum ersten Mal in diesem Jahr sein Geschäft. Aber, Kuchen beim Huberwirt?

Man muss schon einen gehörigen Mut aufbringen, um in dieser verwahrlosten Kaschemme auch nur einen einzigen Brösel Brot zu kauen.

Als der Wirt sah, dass Geld in sein Lokal floss, landeten wir auf dem abgesägten Ast. Mehr noch, in Franz' Augen waren wir nur noch verbrauchte Luft. Die verkommene Ratte wusste ja eh, dass wir als treue Stammgäste am nächsten Sonntag wieder an seiner Tür klopfen würden.

Und so saßen wir inmitten einer Schar kuchenmampfender Hausfrauen. Toll! Die eine oder andere Dame war zu früheren Zeiten sicher ein netter Hingucker. Aber heute? Heute leben die Grazien davon, dass sich der selige Ehemann im städtischen Friedhof ein kleines Grundstück erworben hat und die Dividende - genauer die Witwenrente - erlaubt es den Damen, jeden Sonntag ein gemütliches Kaffeekränzchen mit dazugehörigem Kuchengelage abzuhalten.

Von einem gepflegten Kartenspiel in geselliger Runde konnte in diesem Fall wohl keine Rede mehr sein. Fuchsig wurde ich erst, als mir eine der Damen Spieltipps gab:

„Mein Herr, Sie hätten anstatt die Herz-Acht die Eichel-Zehn bringen müssen, dann wäre das Spiel zu ihren Gunsten verlaufen!"

„Danke", erwiderte ich, „aber glauben Sie mir, auch

ohne Ihre Hilfe wäre ich selbst darauf gekommen. Und im Übrigen, meine Freunde und ich sind es gewohnt, ohne Zuhilfenahme außenstehender Zuschauer unser Kartenturnier zu spielen. Also, den Mund nur dann aufmachen, wenn es Kuchen gibt!"

„Sie unsympathischer Flegel", bekam ich zur Antwort, „ich dachte doch bloß, es sei Ihnen mit meinen Ratschlägen geholfen. Jetzt sollen Sie alles verlieren, mehr noch, Sie sollen nur noch mit einer Zeitung bekleidet nach Hause gehen."

Auch der Wirt Franz gab seinen unrühmlichen Senf zu jener Diskussion.

„Meine Herren", sprach er in einem scheinheiligen Ton zu uns, „Ihr belästigt meine Gäste. Um den Damen einen störungsfreien Sonntag zu gewähren, solltet ihr Euch ausschließlich dem Kartenspiel widmen."

Jetzt wussten wir Bescheid. An diesem verwunschenem Ort Karten zu spielen konnten wir vergessen.

Trotz aller verzweifelten Versuche, ein einigermaßen plausibles Spiel zu führen, scheiterten wir kläglich an dem Rezeptaustausch, den uns die wohlbeleibten Fräuleins nicht vorenthalten wollten. Die eine konnte laut verstorbenem Ehegatten den besten Schweinebraten samt Knödeln kochen, eine andere wiederum wusste mehr darüber wie man ein deftiges Rindergulasch auf den Tisch zaubert und die nächste war der ungekrönte Weltmeister im Kuchenbacken. **(Dieses Talent sah man der Dame auch an.)**

Drei Stunden und fünf Bier später gaben wir völlig entnervt das Kartenspiel auf.

Ich habe zwar keinen einzigen Cent verloren oder gar gewonnen aber dafür weiß ich jetzt, wie man den weltbesten Käsekuchen backt.

19 Kampf um jeden Brösel
Wem gehört der Kuchen?

Ich arbeite als Hausmeister in einem Betrieb des öffentlichen Dienstes. Genauer gesagt an einem bayrischen Flughafen. Das bedeutet, dass wir als Schichtdienstleistende zu jeder Tageszeit vor Ort sein müssen. Um die Mannen zielgerecht einzusetzen, bedarf es nach wirtschaftlicher Logik mehrerer Schichtgruppen. Ich zum Beispiel wirke in der berüchtigt gefürchteten A-Schicht. Gefürchtet deshalb, weil wir als taugliches Kriterium für diese Arbeit nur jenes Personal führen, das vor allem fit beim Essen und im Kaffee Saufen ist. Und noch in etwas ist, die A-Schicht besonders gut. Was sollte das sein? Lästern! Wir motzen den ganzen Tag über die jeweilige Arbeitszeit. Nach unserer Meinung werden wir von der oberen Chefetage wie Zitronen ausgequetscht. Arbeiten bis zum finalen Genickbruch. Dabei sind wir es, die es trotz eifrigster Diät nie schaffen, etwas von unserer anhaftenden Muskelmasse - die sich mit der Zeit in Hüftgold verwandelt hat - zu verlieren. Man verlangt einfach zu viel von uns. Trotzdem! Manche nennen uns Herren aus der A-Schicht wegen dieser üblen Verleumdung schlichtweg „fette Faultiere"!
Eigentlich sind wir das berühmte rote Tuch für all die anderen im Betrieb. Sollen sie doch! Darüber bin ich wie auch meine Kollegen erhaben, bei so viel Boshaftigkeit stehen wir über den Dingen. Was kann die A-Schicht dafür, dass diese geknechteten Loser am Ende eines zehnstündigen Arbeitstages unterhalb des Teppichniveaus auf dem Zahnfleisch daherrobben. Hätten die Burschen besser in der Schule aufgepasst, müssten sie nicht ackern wie ein Pferd. Wir als Hausmeister haben lehrreiche Bücher **(Kochbü-**

cher) regelrecht in uns rein gefressen, aus diesem Grund bleiben wir von knochenbrecherischen Arbeiten weitgehend verschont. Ehrlich gesagt, in jeder Firma gibt es eine Elite, und bei der Unsrigen sind es eben wir, die Hausmeister. Ein kuscheliges Wohlfühlnest? Aber nicht doch! Auch wir haben unsere Problemchen. Wir, die Hausmeister - zwanzig an der Zahl - leiden zuweilen an Langeweile, was dazu führt, dass wir uns fast täglich in einem hirnlosen Kleinkrieg wiederfinden. Das Drama beginnt schon bei unserm Häuptling. Unser Boss Petrus M. **(Anmerkung: Er heißt zwar Petrus, ist aber keineswegs heilig)** ist der geborene Individualist, der es hasst, wenn er von irgendeiner Obrigkeit mit Arbeit konfrontiert wird. Wir, also seine Sklaven, wissen Bescheid, dass wenn einer von uns, in einen Anfall von Ehrgeiz getrieben, um Arbeit bettelt, er sofort von Herrn Petrus zurück auf den Schoss unserer buckligen Erde beordert wird. Mit anderen Worten, keiner legt sich freiwillig vor des Bosses Antlitz und flennt wie ein verhauener Hund, damit er eine Aufgabe erhält. Und so gesehen wechseln sich Krieg meist mit Harmonie ab. Petrus M., unser Boss, sitzt die meiste Zeit vor dem PC und schießt dabei ein Moorhuhn nach dem anderen vom Bildschirm. Und wir? Wir sehen ihm gebannt zu, wie er sich mit den abzuschießenden Hühnern einen abwerkelt. Nur einer schuftet sich den Rücken krumm! Wer? Ich! Ich wiesle den ganzen Tag durch die Weiten der Lagerhallen und erledige das, zu dem meine werten Kollegen null Bock haben. Doch irgendwann, denke ich mir, wird die Geschäftsführung auf mich und meine Leistungen aufmerksam werden. In etwa zehn oder fünfzehn Jahren bin ich es, der Moorhühner ins PC-Jenseits beordert. Übertriebene Selbsteinschätzung?

Nein! Laut unserem Management liege ich mit fünf Prozent über dem Leistungsniveau meiner Schichtkollegen.

„Nicht allzu viel", werden manche sagen, doch gerade diese fünf Prozent halten unsern Laden über Wasser. Ehrgeiz? Ja! Ich lebe nur, um anderen mit meiner Arbeitskraft zu dienen. Ich war ja schon in der Schule ein unverbesserlicher Streber, der jedes Mal, wenn im Klassenzimmer die Pausenglocke erschallte, der Erste war, der sich im Pausenhof eine Zigarette in den Mund steckte. Und nach ausgiebigem Nikotingenuss stibitzte ich der flotten Gunda ihr Pausenbrot und zum Dank gab ich ihr einen neckischen Zungenkuss. Ja früher! Heute habe ich mich dem System angepasst. Ich habe es dank meiner fünf Prozent Mehrleistung geschafft. Doch als aussichtsreicher Karrierist - damit meine ich mich - hat man es zuweilen nicht leicht. Und als solcher weiß ich Bescheid, wenn es heißt, sich den tagtäglichen Problemszenarien seiner unliebsamen Kollegen zu stellen. Und Ärger steht fast täglich auf dem Dienstplan. Interessant wird es meist dann, wenn einer von uns ein Jubiläum feiert. Sei es nun Geburtstag, die Geburt des ersten Kindes, silberne Hochzeit oder man feiert ausgelassen seine Scheidung. Bei dieser Gelegenheit feiern wir Orgien, wüster als es die alten Römer je zustande gebracht haben.

Doch eines sei gesagt, Naturgemäß feiert jede Schicht nur mit der Seinen. Der Rest der Mannschaft darf zusehen, wie sich die gegnerische Partei an den mitgebrachten Leckereien den Bauch vollschlägt. Und genau über ein solches Freudenfest will ich berichten. Anfang Mai lud ich meine liebste A-Schicht zu einer Geburtstags-Kuchenorgie ein. Ich hatte aus einem Supermarkt einen Marmorkuchen mit Schokoglasur an Land gezogen. Das süße Teil hatte den unverschämt teuren Wucherpreis von neunundneunzig Cent. Nicht gerade billig! Hätte er aber einen Euro gekostet, wäre er im Kuchenregal des Supermarktes liegen geblieben. Mit anderen Worten, einen ganzen Euro hätte ich partout nicht für meine gefräßigen Kollegen übriggehabt. Mehr sind die Luschen auch gar nicht wert. Um es gleich vorwegzunehmen, muss ich gestehen, dass dieser Kuchen der Auslöser für einen wahren Krieg unter den verschiedenen Schichten hervorrief. Es begann damit, dass ich als Erster am Morgen zuständig war, dass frisch aufgebrühter Kaffee auf den Tisch kam. Um mich von der gesamten A-Schicht nachträglich zum Geburtstag **(29. April)** beglückwünschen zu lassen, stellte ich zu dem Kaffee meinen exquisit edlen Marmorkuchen **(das Kilo zu 99 Cent)** hinzu. Um zu vermeiden, dass gesabbert wird, legte ich einige Servietten daneben. Für jeden A-Schichtler einen Sabberlatz. Ich kenne ja meine Pappenheimer, wenn die zu fressen beginnen, ist es ihnen egal, wenn sie sich mit Schokolade und Kuchenbrösel besudeln.

Obwohl? Flecken an unseren Arbeitshosen würden uns allen recht gutstehen, sonst würden unsere Arbeitsklamotten eh das ganze Jahr hindurch von allen Schmutzattacken verschont bleiben. Beim Anblick meines Geschenkes bekamen die Freibierfanatiker meiner Schicht leuchtende Augen. Wir - aber nur die A-Schicht - stürzten uns wie eine Horde ausgehungerter Raubtiere auf das bisschen Kuchen. Die Loser aus der B-, C-, und D-Schicht hatten das Nachsehen, sie sahen uns mit gierigen Hungeraugen beim Kuchenmampfen zu. Diese schmachvollen Blicke unserer Kollegen störten uns nicht im Geringsten. Wir ließen uns das Frühstücksmahl mit frischem Kaffee und Marmorkuchen trotz intensiver Beobachtung munden.

All die anderen, die nichts abbekamen, verfolgten jeden einzelnen Bissen vom Teller bis rauf zum Finale, wo der Kuchen in einem A-Schichtmund landete. Ich vermute schwer, dass deren Ehefrauen nie Lust verspüren, ihren Gatten Kuchen zu backen. Deshalb also ihre Gieraugen. Was für armselige Kreaturen!

Doch irgendwann wurde es einem der Zuschauer zu viel. Ausgerechnet unser Franz, der eigentlich nur im Saufen und Fressen ein ernsthaftes Talent entwickelt hat, ergriff als Erster das Wort.

„Hey! Sagt mal, findet Ihr Kerle das nett, dass ihr euch mit Kuchen zustopft während wir Luft schluckend zusehen?"

Und Andy, unser Moppelchen, sagte genau das, was die Lunte einer Dynamitstange zum Entzünden brachte.

„Dieser Kuchen gehört einzig allein der A-Schicht! Geteilt wird nicht! Wenn Ihr Kuchen wollt, dann kauft Euch gefälligst selber einen."

Diese unsensiblen Worte aus einem Vielfraßmund entfachten einen morgendlichen Flächenbrand.

„Aber, aber", schrie Josephus **(auch sehr verfressen)**, „wenn wir feiern, seid Ihr aber die Ersten, die sich über unseren Fraß hermachen. Und uns? Uns lasst Ihr nicht mal die Brösel, die Euch aus dem Maul fallen. Euch Schweinepriester soll die Ruhr an die Kloschüssel nageln!"

Jetzt kam der Andy wieder ins Spiel:

„Hier fangt auf und teilt es Euch untereinander auf, damit Ihr nicht sagen könnt, wir seien unverbesserliche Kameradenschweine!"

Obwohl nicht vorgesehen, warf Andy den anderen

ein zehn Cent großes Kuchenstück auf einen leeren Teller. Seiner Meinung nach hatte die A-Schicht mit dieser wohlwollenden Geste ihr soziales Gewissen beruhigt. Mehr kann man nicht tun!

Doch Andys übergalaktische Nächstenliebe fand keinen fruchtbaren Boden. Zu sehr waren die Fronten verhärtet.

„Deinen Brösel", bekam er zur Antwort, „kannst du dir hinten reinschieben."

Um uns zu zeigen, wie ernst es den anderen sei, erhielt ich einen schmerzhaften Rempler in die Nieren. Und angeblich war keiner daran beteiligt. Wie es scheint, war da ein unsichtbarer Geist am Werk.

„Aber, aber", rief ich in die aufgebrachte Menge, „wollen wir uns jetzt um die paar Brösel prügeln? Oder was?"

„Wenn dem so sein soll, gerne!" kam als Antwort zurück. Von wem? Weiß ich nicht. Wie ich meine gierigen Kollegen kenne, war jeder daran beteiligt.

Andy schob mit seiner Wampe einen der Gegner (Josef) weit weg von Tisch und Kuchen. Bei diesem Manöver schwappte der Kaffee quer über den Tisch. Doch dies störte die Kontrahenten in ihrem kameradschaftlichen Gerangel nicht. Es war egal. Es war ja noch genügend Kaffeepulver im Haus.

„Euch", schrie Andy, „haue ich die Augen blau."

Doch Josef war ein ernst zu nehmender Gegner, der es verstand, sich seiner Haut zu erwehren. Mit ein paar saftigen Feigen aufs linke und rechte Ohr konterte er den Angriff des Speckmonsters Andy. Und um dem Streit weiterhin am Laufen zu halten, bekam ich erneut einen hinterhältigen Stoß ins Kreuz. Wie ein energieloser Papierflieger flatterte ich durch den Raum. Am Boden liegend rief ich der Menge zu: „Ihr Deppen! Warum soll ich wegen eurer Gier nach

Fressbarem Prügel erhalten?"

„Der Edi war's", rief Franz, und Edi konterte mit einem unangenehmen Bodycheck zwischen die Rippen des Verräters.

Edi! Der Kerl aus der C-Schicht ist eigentlich lammfromm! Kein Wunder, wo er doch die meiste Zeit seines Arbeitstages im hintersten Eck des Lagers seinen Mittagsschlaf **(vier Stunden)** verbrachte. Edi, eine ausdauernde Schlaftablette! Aber wehe, es bahnt sich eine Keilerei an, dann wird er hellwach. Auch er wollte seinen Anteil am allgemeinem Frühsport abhaben.

„Hilfe", schrie Franz, „man hat mich verhau'n! Das sag ich alles dem Boss!"

Sein Protest verhallte im Kampfgetümmel. Mehr noch, zu seinem Tritt erntete er zudem noch ein purpurfarbenes Auge. Mir ging Josef an die Kehle und ich schwang meinen Fuß in dessen Weichteile.

Hui, das tat vielleicht weh. Der sich in Schmerzen krümmende Josef war außer Gefecht gesetzt. Nur der Rest der Mannschaft wollte unbedingt weiterspielen.

Unser Edi, der als ewiger Stänkerei verschrien war, warf seinen Schuh gegen den Franz, verfehlte aber sein Ziel. Wie ein Pfeil flog das Ding schnurstracks in das Büro des Chefs. Ohne sich bei uns anzumelden, stand Petrus unser Boss vor uns.

„Hey", schrie Petrus, „was soll das? Ihr seid wohl etwas übermütig. Meine Freunde, dieser Umstand kann leicht geändert werden."

„Chef", sprach Franz als er mit einem blauen Auge vor seinen Boss stand, „hier ist der Teufel los!"

„Na, na, meine Herren", sprach Petrus in einem verdächtig väterlichen Ton zu uns, als er uns in inniger Umarmung leiden sah, „wie sieht es aus, muss ich

Euch Schätzchen persönlich zur Arbeit einladen? Kann es sein, dass Ihr am Dienstag schon mal das Wochenende feiert?"

„Chef", sprach der Franz, „was sollten wir tun, die A-Schicht hat Kuchen will uns aber partout nichts davon abgeben!"

„Was hör ich da", rief unser Häuptling in die aufheizte Menge.

„Ihr habt Kuchen? Her damit, ich werde mich darum kümmern. Zur Mittagspause dürft Ihr weiter darum streiten. Aber jetzt hopp, hopp, ich will, dass zumindest so getan wird, als würden einige von Euch Lumpen arbeiten."

Das war keine so gute Idee. Wir alle wussten, wie verrückt unser Petrus nach süßer Nascherei ist. Wir konnten es an seinem verschwitzten Gesichtsausdruck erkennen, dass der Rest des Kuchens die Zeit bis zur Mittagspause nicht überleben würde. Hermann, die gute Fee unter uns Hausmeistern, roch als Erster den Braten.

„He Leute", rief er, „ihr glaubt doch nicht im Ernst, dass wir von dem Kuchen noch was sehen werden?"

Ich appellierte an den Gemeinschaftssinn von Petrus.

„Chef", sagte ich, „ich feiere doch meinen Achtundfünfzigsten. Du bekommst ja gerne ein Stück vom Kuchen aber den Rest überlass bitte uns."

„Ihr haltet mich wohl für einen Kerl, der vor einem simplen Kuchen seine Willenskraft verliert", antwortete Petrus, „ich sagte doch, dass Ihr Euer Eigentum zur Mittagspause erhalten werdet. Vorausgesetzt natürlich, Ihr seid so nett und versucht etwas zu arbeiten."

Mit dem Kuchen unter dem Arm verließ Petrus den Raum, in dem wir uns zuvor so nett unterhalten hatten. Es breitete sich eine gewisse Schwermut unter uns aus, wir wussten, dass wir vom Kuchen nur noch die Brösel vorfinden würden. Sehr widerwillig gingen wir unserer Arbeit nach. Andy schnappte sich eine Frauenzeitschrift und versuchte sich im Kreuzworträtsel. Franz ging mit Josef in die Kantine, angeblich würde dort ein Wasserhahn tropfen. Lüge! Wie ich die Beiden kenne, flirten sie mit der Köchin Franziska um die Wette. Edi suchte sich ein laues Plätzchen, wo er sich dem erholsamen Schlaf widmen konnte. Ich öffnete einen Gerätekasten und zählte Schrauben und Muttern. Und Hermann? Der war dafür zuständig, dass Häuptling Petrus stets seinen frischen Kaffee bekam. Eigentlich verdrückte sich jeder von uns dorthin, wo man nach Arbeit vergebens sucht.

Endlich Mittag und somit war Kuchenpause angesagt. Vom Hunger getrieben wateten wir ins Büro unseres Bosses, um einstige Eigentumsansprüche erneut geltend zu machen.

Petrus saß in seinem Büro vor dem PC und stritt ab, dass er vom Kuchen genascht hätte. Doch bei näherer Betrachtung fiel uns auf, dass unser Boss etwas Braunes um den Mundwinkel kleben hatte. Zahnpasta konnte es nicht gewesen sein, denn die ist ja, wie wir jeden Morgen feststellen können, weiß. Nur Schokolade hat so einen appetitlichen Braunton. Verdächtig, sehr verdächtig! Also hatte unser Boss doch noch seine Nikotingriffel an unserm Eigentum. Er ließ uns nur ein kleines Kuchenstück übrig und das schnappte sich Vielfraß Andy. Er biss auf etwas, was sehr knusprig erschien. Knuspriger Marmorkuchen? Aber nicht doch! Solchen Luxus bekommt man nicht für 99 Cent. Andy fischte aus seinen Zähnen etwas, was nach näherer Betrachtung nach einem ehemaligen Leben aussah.

Aus welchen Zerealien besteht denn nun das Knusperteil? Insekten! Eine unglückliche Kakerlake hatte sich in die Süßspeise verirrt. Der Kuchen war für das arme Liebchen zum Grab geworden. Es war einfach mitgebacken worden. Und unser Andy sah die Leiche als Erster. Toll! Erstmals an diesem Tag erlebten wir Gemeinschaftssinn, indem wir allesamt mit dicken Backen ins nächstliegende Klo liefen. Bei uns entwickelte sich ein kollektives Massenkotzen. Wir reiherten uns die Eingeweide aus dem Körper. Es entstand ein regelrechter Run auf jede freie Toilettenkabine.

Und wer das nicht schaffte, entledigte sich des Stück Chitins - Knusperkuchen Kuchenstück, das mit tierischen Eiweiß kontaminiert war - in einem Handwaschbecken. Unser Petrus war so ein Pechvogel. Ihn erwischte es heftiger als uns. Sein Martyrium wird nicht ohne Folgen bleiben! Man fürchtete seine Rache. Wir ahnten, dass unser Boss uns regelrecht mit körperschindenden Zusatzaufgaben überschütten wird. Und was dem Kuchen betrifft, hätte die A-Schicht von jenem tierischen Inhalt gewusst, wäre er ein Geschenk für Boss Petrus und die B-, C-, und D-Schicht gewesen. Dann hätte wenigstens keiner behaupten können, wir seien unfähig zu teilen!

20 Zum Buch

Rote Herzchen fressen Hirn! So eine Situation sollte Ihnen nicht fremd vorkommen. Oder? Wir können davon ausgehen, dass dieser Satz in heutiger Zeit aktueller ist als das, was unsere Vorfahren erlebt haben. Wir - also die modernen Menschen - kämpfen tagtäglich einen Kampf gegen alle Widrigkeiten, die uns das Leben mit seinen Schikanen bescheren. Das beginnt schon bei den zwischenmenschlichen Themen. Um es klar auszudrücken, spielt uns die Erotik so manch üblen Streich. Und die Pharmaindustrie mit ihren potenzfördernden Arzneien verdient sich eine goldene Nase an unseren müde gewordenen Gliedern.

Nur die Erotik? Nein wo denken Sie hin? Auch die allgegenwärtige Technik tut das übrige, um uns Gequälte nervlich auf Trab zu halten. Glauben Sie nicht? Na, dann versuchen Sie doch mal für Ihre Frau einen PC zu programmieren! Ja genau, so ein Hightechgerät mit beiliegender Gebrauchsanleitung. Und? Merken Sie, worauf ich aus bin? Auch wenn uns die Industrie verspricht, dass es ein Kinderspiel sei, einen Computer zu installieren, so sind es immer die Männer, die an solcher Pionierarbeit - wie einen PC in Gang zu bringen - scheitern. Jetzt kommt es endlich ans Licht, warum wir Männer um einige Jahre früher den Löffel abgeben als die Frauen.

Und wie ergeht es denjenigen, die in himmlischer Abgeschiedenheit das Leben eines Heiligen führen? Ich vermute sehr, dass unser Schöpfer seine Ewigkeit zumeist beim Wiederherstellen eines abgestürzten Computerprogramms verbringt. Und deshalb erkennt Gott nicht das weltweite Drama, das uns Männern in den Wahnsinn treibt. Männer! Ach was sind wir doch zerbrechliche Wesen! Und trotzdem hat man als Mann die Pflicht, als ewiger Held in den Geschichtsbüchern mit großartigen Taten zu glänzen. Nur Memmen drücken sich vor jenen ehrwürdigen Aufgaben wie das Programmieren eines Technikteiles. Mann, diese Burschen sind wohl die glücklichsten von uns allen!

Vor allem aber, diese Penner werden - weil ihnen keine keifende Frau zur Seite steht - die Welt als heilige Brüder verlassen. Frauen? So was Schönes kennen sie nicht. Die Buben wurden wohl in einem klösterlichen Internat in der Biologie des menschlichen Geschlechts unterrichtet. Da wundert es niemanden mehr, dass die Loser von der weiblichen Anatomie so gut wie keine Ahnung haben. Das Wissen, dass es Mann und Frau gibt, bleibt diesen Herrschaften bis auf alle Zeiten verwehrt. Und wenn manches an denen zu wachsen beginnt, reiben sich diese Lauser ihre Männlichkeit mit Franzbranntwein ein. Deshalb, weil sie glauben, sie müssten ihren steif gewordenen Gliedmaßen eine kühlende Entspannung bieten.

Aber was hat es mit den roten hirnfressenden Herzchen, das den Titel des Buches ziert, auf sich? Na, die entstehen, wenn ein Mann seine schmierigen Augen zu sehr an eine attraktive Dame heftet. Wenn das geschieht, übernehmen unehrenhafte Gedanken die Macht über seinen Verstand. Was dazu führt, dass die Realität von einer Schar roter Herzchen in die Irre geführt wird. Und diese fressen das wenige Hirn, das so ein Sexist unter seinem Pony trägt bis auf den letzten Krümel auf.

Aber was hat dies mit den Problemen der Technik zu tun? Wenn so ein Hirn in den Mägen der Herzchen landet, indem der Herr seine Gedanken an einer anderen - schöneren Frau - umherschweifen lässt, bleibt für technische Fragen kein einziger Brösel Verstand mehr übrig, um der Ehefrau den PC zu installieren. Natürlich dauert dieser Zustand der männlichen Unzurechnungsfähigkeit nur so lange an, bis sich der jeweilige Träumer von seiner Traumfrau oder deren Ehegatte mehrere Ohrfeigen eingehandelt hat. Doch bis dahin muss die Ehefrau das Problem des PCs auf eigene Regie lösen.

Vorsicht meine Herren, wenn Ihr eine schöne Dame seht. Zu schnell kann es passieren das ihr von roten Herzchen heimgesucht werden.

In diesem Sinne, Euer
Robert Deuml

(Shit! Hilfe, ich seh auch schon diese frechen Herzchen! Bitte, bitte verschont mich! Ich hab doch nur ein kleines bisschen an meine tolle Nachbarin über mir gedacht!)

21 Robert Deuml (Vita)

Robert Deuml wurde als Robert Deumelhuber am 29.04.1958 in Tettnang, Baden Württemberg geboren. Mit fünf Jahren kam er nach Niederbayern genauer nach Landshut. Die Schulzeit Deumls war durchwachsen. Durchwachsen deshalb, weil er lieber vor sich hinträumte als dem öden und knochentrockenen Unterricht zu folgen. Trotz alledem war er sehr beliebt bei seinen Lehrkräften - besonders bei den Lehrerinnen, denn sein Talent zu schleimen sollte im Klassenzimmer einzigartig sein. Daher verwunderte es niemanden, dass seine Lieblingsfächer die Kunsterziehung und das Deutschfach waren. Das Malen von naiven Bildern - Deuml hatte mehrere Ausstellungen in seiner Heimatstadt und in der Münchner Kunstgalerie Charlotte Zander sowie bei Kunsthandel Hans Holzinger, ebenfalls München - ist neben dem Schreiben selbst erfundener Geschichten zu allen Zeiten sein absolutes Steckenpferd. Erst nach mehreren sinn- und freudlosen Aufgaben fand Deuml endlich eine Anstellung am Münchner Flughafen. Seiner Meinung nach ist dies der beste Arbeitgeber deutschlandweit.

Weitere Bücher von R. Deuml
Erschienen im BOD-Books on Demand Verlag, Norderstedt.

Gratisfett für Jedermann

ISBN: 9783744837217, Paperback, 2017,
177 Seiten, 8,99 EUR

Herzlich willkommen ihr Süßen

ISBN: 978-3-7460-7403-3, Paperback, 2018,
192 Seiten, 7,99 EUR

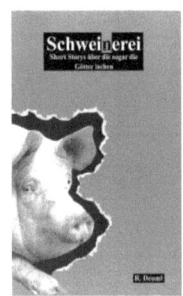

Schweinerei

ISBN: 978-3-7528-4211-1, Paperback, 2018,
168 Seiten, 7,99 EUR